文艺通识丛书
张江 主编

张福贵　杨丹丹——著

中国现代文学简史

中国社会科学出版社

图书在版编目（CIP）数据

中国现代文学简史/张福贵，杨丹丹著.—北京：中国社会科学出版社，2018.11

（文艺通识丛书）

ISBN 978-7-5203-3619-2

Ⅰ.①中… Ⅱ.①张…②杨… Ⅲ.①中国文学—现代文学史 Ⅳ.①I209.6

中国版本图书馆CIP数据核字（2018）第260575号

出 版 人	赵剑英
责任编辑	张 潜
责任校对	郝玉明
责任印制	王 超

出 版	中国社会科学出版社
社 址	北京鼓楼西大街甲158号
邮 编	100720
网 址	http://www.csspw.cn
发 行 部	010-84083685
门 市 部	010-84029450
经 销	新华书店及其他书店
印刷装订	环球东方（北京）印务有限公司
版 次	2018年11月第1版
印 次	2018年11月第1次印刷
开 本	880×1230 1/32
印 张	7.375
字 数	141千字
定 价	39.00元

凡购买中国社会科学出版社图书，如有质量问题请与本社营销中心联系调换
电话：010-84083683
版权所有 侵权必究

总　序
让文艺知识走进千家万户

组织这套"文艺通识丛书"的目的，是让文学知识走出专业研究的殿堂，来到人民大众之中。习近平总书记《在文艺工作座谈会上的讲话》指出："社会主义的文艺，从本质上讲，就是人民的文艺。"人民大众需要文艺，也需要关于文艺的知识。

在工作之余，可读读小说，看看电影、戏剧，也可背古诗、听朗诵、看展览，欣赏歌曲、练书法，参加各种艺术体验活动。在生活中，文学艺术无处不在。但是，爱好文艺，并不等于就懂得文艺。古今上下几千年，东西南北几万里，积累了大量的关于文艺的知识，这是人类文明的重要成果。学习这些知识，是理解沉积在作品之中的意蕴，提高审美水平的重要途径。然而，专家的著述难懂，所讲的知识隐藏在繁杂的论证之中，所用的语言艰涩并时时夹杂许多专门术语，还涉及众多人名、地名和陌生的历史史实,使一般民众难以接受。专业学界与人民大众之间的藩篱亟需推倒,高冷的文学学术与民众的文艺热情之间的鸿沟之上必须架起桥梁。想提高文艺鉴赏水平,还是要听听专家们怎么说,但专家也要说得让大众听得懂。

时代在改变,新的时代,新的经济生活方式,新的技术条件,也促使人民大众的文艺生活发生着深刻的变化。文学艺术遇到了新情况,应该怎么办?一些西方学者提出了"文学的终结"和"艺术的终结"的观点。这种"终结观",实际上反映的是文艺与审美的关系,文艺与作为其载体的媒体间关系,以及文艺与所反映的观念间关系这三重关系的变化。因此,文艺要适应新情况,理解文艺也需要新的知识。让人民大众掌握关于文艺的知识,让人民大众了解当代文艺的新情况,这一任务的必要性,在当下显得越来越迫切。

用通俗易懂的语言,讲文艺知识。将专家研究成果的结晶,化为人民大众的文艺常识,这种工作其实并不容易。要做到举重若轻,通俗而不浅薄,前沿而不浮躁,深刻而不晦涩,是非常难的一件事。我们组织这套书的原则是,请大家写小书。我们所邀请的作者,都是学术界相关领域的著名学者。他们学养深厚,对学科的来龙去脉有深入的了解,同时,在学术上,既能进得去,又能出得来。我们的目的是,用人民大众看得懂的语言,搭起一座座从专业学术通向人民大众之间的桥梁。

总序　让文艺知识走进千家万户

这套丛书的读者定位，是广大的干部群众，文学艺术的爱好者，非文学艺术专业的各行各业的从业者，以及文学艺术专业的初学者。这是一个范围广大的群体。当然，这套书不是教材，不像教材那样板着面孔，用语端庄，体例严谨，要求读者端坐在书桌前仔细研读。我们希望这套书能语言活泼，生动而有趣味性，像床头读物一样，使读者在轻松的阅读中，获得有关文艺的知识。

发展"人民的文艺"，就要使文学知识走向大众。实现国家富强、人民幸福的中国梦，需要文化繁荣，需要普及文艺知识。让更多的人爱好文艺，了解文艺，让文艺知识走进千家万户，这是我们组织这套书的初衷。

张　江

2018 年 8 月

目 录

第一章　中国现代文学的孕育 …………………………（ 1 ）
　第一节　现代文学形成的文化背景 …………………（ 1 ）
　第二节　现代文学观念的重塑 ………………………（ 13 ）
　第三节　现代文学语言的变革 ………………………（ 20 ）
　第四节　现代知识分子群体的形成 …………………（ 29 ）

第二章　中国现代文学的生成 …………………………（ 37 ）
　第一节　五四文学革命 ………………………………（ 37 ）
　第二节　鲁迅：现代小说与启蒙精神 ………………（ 49 ）
　第三节　郁达夫：浪漫与现实的纠葛 ………………（ 72 ）
　第四节　郭沫若：个性狂飙与新诗构建 ……………（ 82 ）
　第五节　徐志摩：性灵飘洒与新诗格律化 …………（ 95 ）

第三章　中国现代文学的发展 …………………………（109）
　第一节　左翼文学与自由主义文学的双峰并立 ……（109）

第二节　茅盾：全景式叙述与社会剖析小说 ……… （130）
第三节　老舍：市民世界的挽歌 …………………… （141）
第四节　巴金：青春的激情与悲叹 ………………… （151）
第五节　沈从文：湘西世界的歌者 ………………… （159）
第六节　曹禺：现代话剧艺术的成熟 ……………… （170）

第四章　中国现代文学的演进 …………………… （178）
第一节　战争语境下的文学转变 …………………… （178）
第二节　钱锺书：知识分子的反讽 ………………… （185）
第三节　赵树理：在新旧之间 ……………………… （197）
第四节　张爱玲：现实与传奇 ……………………… （211）
第五节　丁玲：由"文小姐"到"武将军" ………… （221）

参考文献 ……………………………………………… （229）

第一章　中国现代文学的孕育

第一节　现代文学形成的文化背景

中国现代文学在它的诞生之初被叫作中国新文学,这一命名不仅是一个单纯的时间性的指代,更是中国文学史乃至思想史上一种具有革命意义的标志。其发展过程既是中国文学本身现代化的过程,又是中国社会现代化过程的艺术呈现。因此,中国现代文学又是一种具有"现代意义"的文学。

中国现代文学的源头是五四文学。五四文学是中国文学发展史上一次前所未有的具有本质性裂变的文学,它划定了从传统文学到现代文学的不同历史时代。它的发生与发展有着复杂的传统文化与现代文化、本土文化与外来文化相互碰撞和相互交融的深刻背景。中国现代文学的发展和中国社会的现代化进程始终息息相关、互为表里,贯穿于中国社会长期、繁复的现代化追求的努力之中。"中国'现代文学'与中国现代化历史、中国现代性问题的内在关联,既是这一学科应该研究的核心问题,也是它赖以成立的基础。"① 在此过程中,文学的内部结构与外部的社会运动及文化生态相勾连,中国社会发生的政治运动、经济改革、文化重组、中西对峙与融合、社会结构重建等文学外部事件对中国现代文学观念的更新、文学组织的建立、文学运动的兴起和发展、文学经典的生成等都产生了重要影响,促成了它多元化、多样性的生成、发展和演变,成为中国文学史带有重要历史转折和突变的重要组成部分。考察中国现代文学的生成,就应该以一种更加宏阔的视野在其内部和外部之间复杂的矛盾运动中穿梭、游弋,以此发现其真正的动因和完整的脉络。

19 世纪中叶到 20 世纪初,中国社会的现代化追求与西方世界的强势崛起,以及其所形成的现代化国家与社会的示范效应相关联。这种关联的建立是在一种主动与被动、先进与落后的矛盾运动中达成的。1840 年的鸦片战争,一方面使中国陷入民族灾难和屈辱之中,另一方面也激发了全体国民的图强意识,促使知识阶层对民族的文化及其传统进行积极的反省。在

---

① 罗岗:《现代"文学"在中国的确立——以文学教育为线索的考察》,《中国现代文学研究丛刊》2001 年第 1 期。

第一章 中国现代文学的孕育

此阶段，中国社会开启了全方位的变革，无论是中国政府的顶层设计，还是民间的乡野杂谈，抑或是社会精英的启蒙引导、普通民众的精神诉求，可以说中国社会集体进入到本土与西方、传统与现代、变革与保守、救亡与启蒙的论争与思考之中。而1895年中日甲午战争的失败彻底掀开了中国社会现代化变革的厚重帷幕，戊戌变法、新民运动、洋务运动等现代化社会变革运动在中国持续上演。中国现代文学也正是在这种独特历史语境和时代情境中孕育而成。

中国在鸦片战争中的失败将中国社会的目光聚焦在西方国家的现代科技上，西方先进的自然科学和应用科学构成了西方国家超强的军事实力的根基。因此，学习和引进西方现代科学技术，成为中国社会的主潮，而现代科技"硬实力"背后所暗藏的现代化思维方式、行为方式、文化结构等"软实力"却一度被轻视和忽略了。1895年中日甲午战争的再次溃败使中国社会意识到，社会变革不仅仅是对西方国家先进科学技术的追逐，更重要的是把西方的现代文化体系、社会机制和先进的现代科技一起引进中国，成为现代化的先导。因此，中国现代思想文化的先驱严复在对中国传统文化进行反思的基础上，发表了《论世变之亟》《原强》《辟韩》《救亡决论》等主张向西方现代思想学习的文章，认为"中国今日之事，正坐平日学问之非，与士大夫心术之坏，由今之道，无变今之俗，虽管、葛复生，亦无能为力也"①"四千年文物，九万里中原，所以至于斯极者，其教化学术非也"②，提出"鼓民力""开民智""新民德"等命题，并相继翻译了《天演论》《原富》《群学肄言》《群己权界论》等西方文化思想书籍，尤其是《天演论》成为中国现代知识分子群体接受西方现代思想的重要基点和参照。严复在《天演论》中所提倡和贯穿的现代时间观念和社会进化理论，对中国传统文化中的循环重复等思想意识和思维方式构成了极大冲击，在某种程度上确立了中国社会现代化进程中的新的、深层次的思维方式和发展理念。同时，这也确立了中国现代文学发生的时间坐标、特性和历史框架，而中国现代文化所展开的各种文学运动和文艺思潮基本上都遵循的是这种线性时间观念和思维理念。从1811—1911年的100年间，政府部门、知识精英和文化先驱等机构和群体共同加入到译介西方著作的行列之中，翻译了《海国图志》《万国公法》《文学兴国策》《路索民约论》《万法精理》《自由原论》等西方著作2291③种，涉及科技、工业、农业、哲学、

---

① 王栻、严复：《与长子严璩书》，《严复集》第3册，中华书局1986年版，第780页。
② 王栻、严复：《救亡决论》，《严复集》第1册，中华书局1986年版，第53页。
③ 熊月之：《晚清西学东渐史概论》，《上海社会科学院学术季刊》1995年第2期。

第一章 中国现代文学的孕育

经济、文学、宗教诸多领域。在翻译西方著作过程中有着鲜明的主题诉求：共同指向国家强盛、民族救亡、民主自由、精神启蒙等研究方向，使之成为中国现代化进程中的精神参照。这种翻译浪潮裹挟着各种西方文学思潮和哲学思潮集体涌入中国，如"现实主义、自然主义、浪漫主义、唯美主义、象征主义、印象主义、心理分析派、意象派、立体派、未来派等等，以及人道主义、进化论、实证主义、尼采超人哲学、叔本华悲观论、弗洛伊德主义、托尔斯泰主义、基尔特社会主义、无政府主义、国家主义、马克思主义等等，都有人介绍并有人宣传、试验、信仰"①，这些西方文艺思潮和哲学思潮成为中国现代文学现代性思想的精神资源。

随着西方经典著作的大量翻译和引入，大量的经典的文学作品也被批量的翻译和介绍过来，因此，晚清成为翻译文学的"大盛的时代"。② 根据樽本照雄的粗略统计，《清末民初小说目录》共收录翻译作品 4362 种③，根据晚清小说史开创者阿英统计，晚清期间正式出版发行的翻译文学共有 628 部，翻译

---

① 钱理群、温儒敏、吴福辉：《中国现代文学三十年》，北京大学出版社 1998 年版，第 26 页。
② 王德威：《被压抑的现代性——晚清小说新论》，北京大学出版社 2005 年版，第 3 页。
③ [日] 樽本照雄：《清末民初的翻译小说——经日本传到中国的翻译小说》，载王宏志编《创作与翻译》，北京大学出版社 2000 年版，第 157 页。

文学超过了原创文学①,根据中国学者陈平原统计,1899—1911年,至少有615种西方小说被译介到中国。②虽然不同时代、不同国籍的学者在翻译文学统计数量上存在差异,但基本达成一个共识:晚清时期中国翻译文学进入集体爆发期,对文学转型和现代文学的生成起到了重要的推动作用。当时的翻译小说主要集中在社会问题小说、政治官场小说、通俗言情小说、侦探小说、科技小说等几种基本类型上。在数量众多的翻译小说中,林纾的翻译是中国文学从传统向现代转型的关键节点。1898年,林纾翻译了法国作家小仲马的小说《巴黎茶花女遗事》,被晚清知识分子称之为"破天荒"③,其后他陆续翻译了《吟边燕语》《伊索寓言》《鲁滨孙飘流记》《汤姆叔叔的小屋》《情天补恨录》等作品184部。④林纾的翻译视野极为广泛,先后选取11个国家的98位作家的作品进行翻译。林纾虽不懂外语,但是其通过他人的口译而自己加工润色的翻译小说,极其出色地展现了他深刻的人生感悟能力和独特的文学理解能力。更为重要的是,"林译小说"成了晚清翻译文学的

---

① 阿英:《晚清小说史》,东方出版社1996年版,第210页。
② 陈平原:《二十世纪中国小说史》,北京大学出版社1989年1版,第28页。
③ 恽铁樵:《〈作者七人〉序》,载陈平原、夏晓虹编《二十世纪中国小说理论资料(第1卷)1897—1916》,北京大学出版社1997年版,第530页。
④ 连燕堂:《林译小说有多少种》,《读书》1982年第6期。

起点和基点,开创了晚清翻译小说的潮流。不仅丰富了中国文学的构成,而且也极大地影响了中国现代作家的创作和新文学的发生。

钱锺书曾经说过:"我自己就是读了他的翻译而增加学习外国语文的兴趣的。商务印书馆发行的那两小箱《林译小说丛书》是我十一二岁时的大发现,带领我进了一个新天地,一个在《水浒》、《西游记》、《聊斋志异》以外另辟的世界。我事先也看过梁启超译的《十五小豪杰》、周桂笙译的侦探小说等等,都觉得沉闷乏味。接触了林译,我才知道西洋小说会那么迷人。我把林译里哈葛德、欧文、司各特、迭更司的作品津津不厌地阅览。假如我当时学习英文有什么自己意识到的动机,其中之一就是有一天能够痛痛快快地读遍哈葛德以及旁人的探险小说。"[1] 要知道,钱锺书并不是最早接触"林译小说"的现代作家,可见其影响之大之久之远。林纾的翻译小说呈现了西方文学作品在晚清和五四时期存在和被接受的一个侧面,西方文学作为一种外来的现代文学,丰富了中国传统文学的内容和审美风尚,在二者相互对峙和冲撞中不断调整和推进中国传统文学的转型和变革,并为这种转型和变革提供了可以借鉴的思想资源和文学样本。"人的文学"观念、通俗易懂的白话

---

[1] 钱锺书:《旧文四篇》,上海古籍出版社1979年版,第154页。

文学语言、有别于传统的表达和叙事方式等这些西方文学的现代性因素，逐渐被中国新型知识分子和普通大众所熟知和接受，并转化为文学创作和鉴赏的重要资源。"'小说为文学之最上乘'的文学观念、第一人称限制叙事、倒装叙事、'译本小说'、'新学诗'、'新派诗'、'新文体'散文等等都是中国文学史上前所未有的。"① 更为重要的是，对于中国现代知识分子和文化先驱而言，对西方文化和文学的接受不仅仅只集中在外在审美"新"形式上，而是对外在形式所夹带的"新"的现代性思想观念的普遍接受，构成了对于传统儒教伦理纲常的道德观念的冲击。"数千年来，三纲五伦之惨祸烈毒，由是酷焉矣。君以名桎臣，官以名扼民，父以名压子，夫以名困妻""三纲之慑人，足以破其胆，而杀其灵魂。"② 在对中国传统文化全盘否定的基础上，对民主、科学、自由、国家、政体等现代性概念及其理论体系进行了勘察和探究。晚清知识界发生的"小说界革命""诗界革命""文界革命"，以及一系列文学论争和文学思潮都与此密切相关，进一步促成了五四文学革命的发生。

中国现代文学发生的另一个重要因素是晚清新兴传播媒

---

① 王晓初：《中国现代文学发生的多重视野》，《现代中国文化与文学》，2005年第1期。

② （清）谭嗣同：《仁学：谭嗣同集》，辽宁人民出版社1994年版，第6页。

第一章　中国现代文学的孕育

介的兴起。虽然19世纪末现代传播媒介已经出现，但是与中国现代文学发生相关联却是在20世纪初期，梁启超对于中国现代文学与现代传媒的联系和发展起到了关键性的作用。维新变法失败后，梁启超远渡日本，并在此期间（1920年）创办了《新小说》[①]。作为发表和传播小说的平台，《新小说》成为中国最早专载小说的期刊，"历史小说、政治小说、科学小说、哲理小说、冒险小说、侦探小说、语怪小说、法律小说、外交小说、写情小说、社会小说、札记小说、传奇小说"[②]等多种小说题材和类型在《新小说》刊发，《新小说》同时也发表文艺理论、戏剧、民间歌谣等内容。如果说，在此之前，中国文学的观念中，更多推崇和神化的是道德文章、科举八股，而把小说、戏剧等置于下九流的地位，那么，《新小说》对晚清时期中国现代文学观念的确立、小说地位的提升、小说功能的现代转型、小说接受阶层的拓展都起到了关键作用。同时，《新小说》开启了依托现代印刷工业和最新兴起的现代传播媒介来进行文学传播的新路径，以及以报刊连载为主要形式的小说传播新样态。更为重要的是，它带动了文学报刊的崛起，《绣像小说》《新新小说》《月月小

[①] 参见［日］樽本照雄《〈新小说〉の发行年月と印刷地》，载《清末小说闲话》，日本法律文化社1983年版。

[②] 参见陈平原《小说史：理论与实践》，北京大学出版社1993年版。

说》《礼拜六》《小说林》等文学期刊接连创办和兴盛，同时《申报》《大公报》《时报》《京报》《世界晚报》《东方杂志》《甲寅》《新青年》《每周评论》《现代评论》《星期评论》等报纸也创立了刊载文学作品的版面和副刊，拓展了文学的平台和空间。在这种全新的机制和体系下，中国文学观念发生了改变，它更加强调文学的社会功能和效应，文学逐渐由强调内在的审美愉悦而转向外在的功能化的社会言说，文学承担了国家复兴、民族富强的现代化启蒙之责，"载道"功能和感时忧国的精神被放大，甚至走向极端。通过现代传播媒介在全社会扩展了这种思想和观念，文学也成为现代报刊中的重要内容。

与此同时，现代报刊成为中国现代知识分子推行社会革命理想的载体，知识分子借助文学来阐述自己的革命理想和践行理想的基本路径，继而通过报刊进行传播和扩散："以群众运动之法，提倡学术，垄断舆论，号召徒党，无所不用其极，而借重团体机关，以推广其势力。"① 例如，梁启超创办《新民丛报》和《新小说》，以这两个杂志为载体，不断阐述自己的"新民"主张，并把社会革命与小说功能嫁接在一起，发动"小说界革命""诗界革命"和"文界革命"。这种文学生产

---

① 梅光迪：《评今人提倡学术之方法》，《学衡》1922年第2期。

第一章 中国现代文学的孕育

方式和机制逐渐成为中国现代文学的主导生产模式,"新式出版业也与'启蒙'、'救亡'等一系列思潮联系在一起,这对于当时的读书人而言,无疑是一种强烈的鼓动"[①]。同时,现代新兴媒介的产生和发展、推行现代稿酬制度等,也促使了吴跃人、包天笑、徐枕亚、周瘦鹃、张恨水、刘云若、顾道明、赵焕亭等一批现代职业作家的出现,这对中国现代文学的发生有着重要意义,不仅解决了因科举制度废除而造成知识分子现实生存窘迫的困境,而且使知识分子能够有较多的平台自由发挥自己的文学才华。

现代文学的发生除了上述外部因素的影响之外,知识分子和普通民众对"现代性"精神体验的内部因素也同样不可或缺。中国封建社会的"超稳定结构"[②]使中国社会呈现出一种自我封闭性、内向性和排他性等特征,作为这种社会结构的文化支撑、思想根基极深的封建传统文化也不可避免地带有沉滞和僵化的特性。而作为"载道"功能的中国传统文学也受到强烈的质疑和批判。但是,这并不意味着传统文化和文学的终结,而是一种转型和新生的开始。尤其是在19世纪中后期,

---

① 柳雨青:《文人与钱:稿费制度的建立与晚清文人谋生方式的转变》,《中国文学研究》2015年第40期。

② 金观涛:《兴盛与危机:论中国社会的超稳定结构》,法律出版社2011年版,第221页。

西方资本主义文明强行介入中国传统文化内部，中国知识分子以西方现代社会思潮和制度为参照，意图重新构建中国现代社会体制及其文化体系。因此，在晚清时期出现了一批研究介绍西方科技文化及社会制度的知识分子。如龚自珍、魏源、林则徐等政治精英表现出对晚清政府政治体制的焦虑，他们在提出政治变革的同时，大力倡导文学变革。其后冯桂芬、王韬等人成为率先走出国门的知识分子，对西方文明有着切身的体验："越两日，抵马塞里，法国海口大市集也。至此始知海外阛阓之盛，屋宇之华。格局堂皇，楼台金碧，皆七八层。画槛雕阑，疑在霄汉；齐云落星，无足炫耀。街衢宽广，车流水，马游龙，往来如织。灯火密于星辰，无异焰摩天上。寓舍供奉之奢，陈设之丽……环游市廛一周，觉货物殷阗，人民众庶，商贾骄蕃，即在法国中亦可曲一指。"[1] 此后，集体留学逐渐成为潮流。以留美和留日学生为例，1872 年，清政府派遣 120 名幼童赴美留学，1900 年后又派遣 183 名学生赴西方学习，1910 年在美中国留学生达到 600 余人；1905—1910 年，赴日留学生则达到 8000 人，成为"世界史上最大规模的学生出洋运动"[2]。这些留学生中涌现出胡适、鲁迅、周作人、郭沫若、

---

[1] 王韬：《漫游随录》卷二，湖南人民出版社 1982 年版，第 80 页。
[2] 费正清编：《剑桥中国晚清史：1800—1911》，中国社会科学出版社 2006 年版，下册，第 393 页。

刘半农、钱玄同、林语堂、丰子恺、郁达夫、许地山、闻一多、徐志摩、朱湘等现代文学的著名作家和新文化运动先驱者，他们在接受西方先进文化的同时，以此为参照呼吁对中国传统文化进行彻底革新，拉开了"五四"文学革命的帷幕，推进了中国传统文学的现代转型。

第二节 现代文学观念的重塑

中国现代文学发生的另一个重要维度是现代文学观念的重新构建，特别是中国传统小说观念的现代性重构。在中国传统文学观念中，小说始终处于边缘地位，甚至没有被划分到文学范畴，这种文学观念和思维逻辑将小说的地位推向两个极端：一方面专注于小说作为经史子集的附属物所具有的"载道"功能；另一方面，强化小说的"小道"属性，将小说归为"杂记""闲书""消遣""游戏"等难登大雅之堂的街谈巷语之列。这种传统文学观念成为中国传统小说现代转型的致命症结，虽然晚清时期梁启超等人发动"小说界革命"，对小说的社会地位提升起到了重要作用，但仍然无法摆脱小说"载道"功能的束缚和局限，小说难以避免地再一次充当了社会政治理念和实践诉求的宣传工具，小说在变革的名义下并没有实现自身的彻底转变和重新构建。更为重要的是，当小说努力表达的政治意图和革命实践诉求遭遇到现实危机，其"载道"功能失效后，便不由自主地由"载道"一端转向了"游戏"一端，小说的商品属性从政治属性背后挤到了前台，换成了一副商业化面孔在迎合普通民众审美趣味的道路上肆意奔跑，甚至放弃了自身所具有的审美特性和美学追求，沦落为市场流通的商品。因此，在清末民初出现了商业化和市场化早熟的"黑幕小说"和"鸳鸯蝴蝶派"小说，并占据了阅读市场的绝大部分份额，小说面临着新的危机。在这种情境下，中国社会需要文学观念和小说观念的彻底革新。因此，这一阶段也是中国文学现代转型的关键时期，西方的"民主""自由""个性""科学"等现代性词汇成为当时中国社会的核心语汇，小说需要与这些现代性词汇和观念对接，并在对接过程中重塑自身形象。

在这样一种思想环境中，将现实"人生"作为切入点，寻找中国社会现代化转型的方向和路径，成为小说的叙事核心。"为人生"的文学成为这一时期的文学主潮，小说观念也由"载道"和"游戏"转向"为人生"，鲁迅、周作人、郁达夫、郭沫若等现代作家集体将"为人生"和"思想启蒙"作为小说写作的终极目标。鲁迅认为自己从事小说创作的根本原因在于改良人生，"说到'为什么'做小说罢，我仍抱着十多年前的'启蒙主义'，以为必须是'为人生'，而且要改良

第一章　中国现代文学的孕育

这人生。我深恶先前的称小说为'闲书',而且将'为艺术的艺术',看作不过是'消闲'的新式的别号。所以我的取材,多采自病态社会的不幸的人们中,意思是在揭出病苦,引起疗救的注意"①;周作人提出"人的文学"和"平民文学"的口号;郁达夫的作品虽然具有强烈的自传特性和颓废主义色彩,但仍然难以掩盖作家对社会人生问题的关注,"小说的目的,在表现人生的真理""在小说中所说的真理 Truth,是我们就日常的人生观察的结果,用科学的方法归纳或演绎起来,然后再加以主观的判断所得的一般公理,艺术所表现的,不过是把日常的人生,加以蒸馏作用,由作者的灵敏的眼光从芜杂的材料中采出来的一种人生的精彩而已"②;瞿世英认为现实人生是小说的叙事核心,小说讲述故事的一个基本指向是庸俗琐碎的现实人生,而小说的价值也取决于与现实人生的契合度和深入度,"小说的价值,便在乎能描述人生至于若何程度。愈能将一幅人生之图画描画得逼真的,便愈有价值"③。这种小说观念的转变推动了中国现代小说理论体系的构建,1910—1930

---

① 鲁迅:《我怎么做起小说来》,《鲁迅全集》第4卷,人民文学出版社2005年版,第526页。
② 郁达夫:《小说论》,《郁达夫文集》第5卷,花城出版社1982年版,第18页。
③ 瞿世英:《小说的研究》,载《中国现代文论选》,贵州人民出版社1982年版,第2册,第56页。

年,《小说论》《创作的准备》《小说研究法》《论中国现代创作小说》《小说的作者和读者》《小说作法》《小说创作论》《短篇小说的构造法》《短篇小说的特质》《谈写实的小说与第一人称写法》《小说的图解》《关于新心理写实主义小说》等一批集中阐释小说观念和小说理论的专著相继出版。虽然,中国现代小说观念的"为人生"转向与中国传统小说的"载道"观念具有某种内在的联系,以及特定的思想和理念的阐释功能,都没有彻底根除小说的中介性、工具性和载体性,但"为人生"与"载道"却有着本质性的差异。第一,小说调整了自己的话语指向,不再将小说的视阈集中到对封建统治阶层的道德伦理和政治思想的阐释和解读上,而是将小说视角下移,聚焦普通人生和社会现实,既具有宏观普泛性又具有微观私人性;第二,"为人生"的小说观念是受到"民主""自由""个性解放"等西方文化思潮和西方文学作品的影响而产生的,这种文化背景使小说能够从国家话语、政治话语的桎梏中挣脱出来,在一定程度上凸显小说的个人性;第三,"为人生"的小说观念逐渐淡化了小说的工具性,探寻一条人生、小说和审美相互指涉的路径,进一步完善了小说本体的审美自律性。所以,"为人生"的小说观念对中国现代文学的生成有着重要作用,"人生意识直接促成了中国现代文学观念的确立,中国现代文学观念的发展也无不以人生意识的具体化和深

第一章　中国现代文学的孕育

化为主要依据"①。

在中国传统小说观念中，作为个体的"人"始终处于从属和边缘地位，只是小说呈现为政治思想、封建伦理的一个载体，读者无法通过阅读小说而感受到一个真实、独立、个性、鲜活的生命个体。这种传统小说观念实际上与中国传统儒家文化和封建政治体制具有极大关联，中国传统封建文化对个体人性的压抑及其形成的历史惯性，使中国传统社会中的个体只具有统一的、模糊的集体面相，而缺乏独特的、个性化的自我形象。因此，中国现代文学发生的一个先决条件和后续实践就是改变这种传统小说观念，一方面使"人"在小说中复活，另一方面，通过小说进行社会启蒙，以此在"为人生"的文学中重塑现代性的"人"。"小说对普通人日常生活的深切关注，依赖于两个重要的条件——社会必须高度重视每一个人的价值，并由此将其视为严肃文学的合适的主体：普通人的信念和行为必须有足够充分的多样性，对其所作的详细解释应能引起另一些普通人——小说的读者的兴趣……它们都依赖于一个各种因素相互依存的巨大复合体——个人主义——为其特征的社会的建立。"② 总之，中国现代文学的发生和确立是建立在一

---

① 朱寿桐：《中国新文学的现代化》，南京大学出版社1992年版，第18页。
② ［英］伊恩·P. 瓦特：《小说的兴起》，高原等译，生活·读书·新知三联书店1992年版，第11、62页。

系列以"人"为中心的文学观念和文学实践的基础之上的。

我们可以通过鲁迅的文艺观来窥探这一时期中国传统小说观念的变革。1906年年初，鲁迅在日本仙台经历了改写自己人生道路和中国现代文学史的"幻灯片事件"，中国民众在围观中国人被日军杀害时所展现出来的冷漠、麻木和残酷，让鲁迅意识到，"医学并非一件要紧事，凡是愚弱的国民，即使体格如何健全，如何茁壮，也只能做毫无意义的示众的材料和看客，病死多少是不必以为不幸的。所以我们的第一要著，是在改变他们的精神，而善于改变精神的是，我那时以为当然要推文艺，于是想提倡文艺运动了"①。鲁迅将文艺视为启蒙人生，重构个体"人"的意识的首要途径，撰写了《摩罗诗力说》《科学史教篇》《文化偏至论》等论文阐释自己的文艺观，这些文章都具有浓厚的启蒙色彩，迎合科学、民主、自由、解放等西方现代思想，试图通过文艺运动将个体从精神奴役的状态中解救出来，恢复个体的自由精神，塑造"精神界之战士"②。例如，在《科学史教篇》中，鲁迅认为现代科学对于一个国家和民族的发展有着至关重要的作用，但如果单向度地推崇科学而忽略了文艺的发展，不能在科学和文艺之间保持平衡，那

---

① 鲁迅：《鲁迅全集》第10卷，人民文学出版社2005年版，第439页。
② 同上书，第102页。

第一章 中国现代文学的孕育

么,一个国家和民族将丧失思想根源和精神资源,只有文艺感性和科学理性、文艺作品和科学知识并存才能"至人性于全"①。在《文化偏至论》中,鲁迅将物质文明、精神文明和政治文明进行横向比较,并对19世纪末以来西方世界将现代科学、技术知识及其带来的物质发展和社会统一的"众数"放在首要位置,而"个人""精神"等非物质化因素逐渐滑落到边缘位置的情境进行批判,并提出"诚若为今立计,所当稽求既往,相度方来,掊物质而张灵明,任个人而排众数。人既发扬踔厉矣,则邦国亦以兴起"②,并指出如何获取精神文化资源的方式和路径,"洞达世界之大势,权衡较量,去其偏颇,得其神明,施之国中,翕合无间。外之既不后于世界之思潮,内之仍弗失故有之血脉,取今复古,别立新宗"③,同样,在《摩罗诗力说》中,鲁迅也表述了同样的思想观点。与鲁迅的"立人"说相似,周作人有着同样的人道主义思想。1918年12月,周作人在《新青年》上发表《人的文学》,提出"凡是违反人性不自然的习惯制度,都应该排斥改正""凡是兽性的余留,与古代礼法可以阻碍人性向上发展者,也都应

---

① 鲁迅:《鲁迅全集》第10卷,人民文学出版社2005年版,第35页。
② 同上书,第47页。
③ 同上书,第57页。

该排斥改正"①，并对封建专制主义及其形成的一整套文化运行机制和体系进行批判，同时指出如果想真正构建"灵肉一致的人"必须完善个体的道德伦理观念，"应该以爱智信勇四事为基本道德，革除一切人道以下或人力以上的因袭的礼法，使人人能享自由真实的幸福生活"，从而塑造"'人'的理想生活"。②

简而言之，中国社会千百年来所有问题的根源是对于"人"的不尊重。梁启超、鲁迅、周作人、胡适等知识分子和文化前驱对重建"个体"在小说中的地位，倡导"为人生""为人性""为个体"的小说观念对中国现代文学的发生起到了至关重要的作用，亦成为重要的理论资源。

第三节 现代文学语言的变革

中国现代文学的发生是建立在对中国传统文学进行整体性批判的基础之上的，而如果要对中国传统的文学体系进行变革，就必须要找到一个合理并且有效的突破口。于是，像中国传统文学中的诗歌变革首先从形式变革开始一样，语言作为文

---

① 周作人：《人的文学》，《新青年》1918年第5卷第6号。
② 同上。

第一章　中国现代文学的孕育

学的重要载体再一次成为这个改革的实验场。"文言"作为汉语书面语唯一正宗的地位受到前所未有的质疑和挑战,"白话"逐渐从乡野杂谈和市侩之语跃升为主要的文学语言,并直指"文言"的权威地位。"白话"超越了语言学本身的范畴和意义,转而成为晚清以来中国社会现代化进程的一种普泛性的易于传播和接受的文字符号,成为知识分子启蒙民众,构建现代化民族和国家的载体和工具。"我们不能将白话文运动视为一场语言内部的自足的变革,从而孤立地、单纯地从语言的内部来理解它,而是和中国整个现代社会和生活的变化紧密地联系在一起。白话文运动作为中国语言的现代变革,是和国家的现代化运动相联系在一起的。"① 不难理解,语言的变革是社会性的,也是历史性的。文化的变革,甚至社会生活的改变,都可以直观地体现在语言形式上。

1868年,日本政府推行明治维新运动,通过在政治上确立"君主立宪政体",经济上实行"殖产兴业",文化上奉行"文明开化",逐渐将日本带入资本主义国家行列,并完成现代化国家的初步构建。日本作为一种新兴势力在亚洲的全面崛起,一方面加剧了晚清政府的危机,另一方面促使晚清政府进

---

① 旷新年:《胡适与白话文运动》,《中国现代文学研究丛刊》1999年第2期。

行反思，对日本的现代化革新之路进行研究和效仿，这种参照是自上而下的、全方位学习。"日本古之弹丸，而今之雄国也。三十年间，以祸为福，以弱为强，一举而夺琉球，再举而割台湾，此士学子酣睡未起，睹此异状，巧口绛舌，莫知其由，故吾政府宿昔靡得而戒焉。"① 1877年，黄遵宪以清政府参赞身份出访日本，对于日本明治维新给日本社会带来的现代性革命感同身受，并决定撰写书籍阐释日本的革新之法，以推广日本变法求强的改革思想。"余观日本士夫类能谈中国之书，考中国之事。而中国士夫好谈古义足已自封，于外事不屑措意。无论泰西，即日本与我仅隔一衣带水，击柝相闻，朝发可以夕至，亦视之若海外三神山，可望而不可即。若邹衍之谈九州，一似六合之外，荒诞不足议论也者。可不谓狭隘屿！"② 在这段表述中，黄遵宪将当时国人"闭关锁国""自命不凡"的保守主义和大国之居的傲慢态度刻画得淋漓尽致。同时借由邻邦日本改革的成功，更加突出了中国改革的必要与迫切。1887年，黄遵宪完成了《日本国志》一书，对日本地理、历史、政治、经济、文化等各方面进行了详细介绍，同时，在

---

① 梁启超：《〈日本国志〉后序》，载《日本国志》卷四十，上海图书集成印书局1897年版，第9页。
② 黄遵宪：《〈日本国志〉自序》，载《日本国志》卷四十，上海图书集成印书局1897年版，第2页。

"学术志"中梳理了近代以来日语的演化脉络,从借鉴日本维新经验出发,《日本国志》在勾画日语发展路线图的同时,对日语现代化进程中所吸收和采纳的西方语言知识进行了重新清理和归纳,并在阐释西方语言变迁史的同时,将论述的重点集中在语言与启蒙的关系上。

  余观天下万国,文字言语之不相合者莫如日本。
  余闻罗马古时仅用腊丁语,各国以语言殊异,病其难用。自法国易以法音,英国易以英音,而英法诸国文学始盛。耶稣教之盛,亦在举旧约、新约就各国文辞普译其书,故行之弥广。盖语言与文字离,则通文者少;语言与文字合,则通文者多,其势然也。然则日本之假名有裨于东方文教者多矣,庸可废乎!泰西论者谓五部洲中以中国文字为最古,学中国文字为最难,亦谓语言文字之不相合也。然中国自虫鱼云鸟屡变其体而后为隶书为草书,余乌知乎他日者不又变一字体为愈趋于简、愈趋于便者乎!自凡将《训纂》逮夫《广韵》《集韵》增益之字,积世愈多则文字出于后人创造者多矣,余又乌知乎他日者不有孳生之字为古所未见,今所未闻者乎!周秦以下文体屡变,逮夫近世章疏移檄、告谕批判,明白晓畅,务期达意,其文体绝为古人所无。若小说家言,更有直用方言以笔之于书者，则语言文字几几乎复合矣。余又乌知夫他日者不更变一文体为适用于今，通行于俗者乎！嗟乎，欲令天下之农工商贾妇女幼稚皆能通文字之用，其不得不于此求一简易之法哉！①

从黄遵宪的论述中我们可以发现，黄遵宪所关注的并不仅仅是语言变革本身的重要性，而是通过语言变革推动个体的思维方式变革，通过从"文言"到"白话"的转型来寻求整个中华民族思想启蒙和现代精神重塑的可能性和路径。而黄遵宪的这种思路和方法在晚清政府内忧外患和中华民族亟待走出民族困境的背景下，得到了一批具有现代意识的知识分子和文化先驱的呼应和认同。宋恕提出了"造切音文字"的主张，以此能解"民之疾困"；卢憨章在《一目了然初阶》提出"以切音字与汉字并列，各依其土腔乡谈，通行于十九省各府州县"②，并表述了对中国文言的忧患，"中国字，或者是当今普天之下之字之至难者""当今普天之下，除中国而外，其余大概，皆用二三十个字母为切音字，英美二十六，德法荷二十

---

① 黄遵宪：《学术志二》，《日本国志》卷三十三，上海图书集成印书局1897年版，第49—50页。
② 卢憨章：《中国第一快切音新字·原序》，载《一目了然初阶》，文字改革出版社1956年版，第5页。

第一章 中国现代文学的孕育

五,西鲁面甸三十六,以大利及亚西亚之西六七国,皆二十二,故欧美文明之国,虽穷乡僻壤之男女,十岁以上,无不读书,据客岁西报云,德全国,每百人中,不读书者,一人而已,瑞士二人,施哥兰七人,美八人,荷兰十人,英十三,比利时十五,爱尔兰二十一,澳大利亚则三十,何为其然也,以其以切音为字,字话一律,字画简易故也"①。由此不难看出,在推行启蒙的过程中,文字简化的必要和汉语拼音体系的特殊意义。虽然,这些中国语言变革先驱提出的语言革新主张在当时并没有引起强烈的轰动效应,但他们所提供的关于语言与启蒙的关系的构想,以及语言变革的方案为晚清知识界设立了参照,语言革新成为晚清社会现代化改革的重要组成部分。康有为提出"世界语文大同"的主张,"定一万国通行之语言文字,令全地各国人人皆学此一种以为交通,则人人但学本国语言文字及全地通行语言文字二种"②;蔡元培也试图构想一种世界通用的语言,"那时候造了一种新字,又可拼音,又可会意,一学就会,又用着言文一致的文体"③;吴稚晖提出"中

---

① 卢憨章:《中国第一快切音新字·原序》,载《一目了然初阶》,文字改革出版社1956年版,第2页。
② 康有为:《大同书》,载钱锺书主编《康有为大同论二种》,生活·读书·新知三联书店1998年版,第134页。
③ 蔡元培:《俄事警闻》,载葛懋春等编《无政府主义思想资料选》,北京大学出版社1984年版,上册,第51页。

国新语"的主张，表达统一语言的诉求，"能合各国之语言，代表以一种之语言，是谓万国新语；则能合各省之语言，代表以一种之语言，始足称为中国新语"①；谭嗣同在《仁学》中也提出改革文言的主张，"又其不易合一之故，语言文字，万有不齐；越国即不相通，愚贱尤难遍晓。更苦中国之象形字，尤为之梗也。故尽改象形为谐声，各用土语，互译其意，朝授而夕解，彼作而此述，则地球之学可合而为一"②。与此同时，政府开始关于文言改革运动，1910年成立资政院，在全社会推行"合生简字"，并对现行使用的官方教材是否使用"合声字拼和国语"进行勘察，收到437份改革文字议案。1911年，"中央教育会议"通过"统一国语办法案""以京音为主，审定标准音，以官话为主，审定标准语"③的原则。在晚清知识界和政府的双重推动下，中国文言改革在全社会推广，白话文呼之欲出。

除了精英知识分子和政府的推行，民间群体也加入到文言文改革运动中，尤其是民间白话报刊成为白话文确立和普及的

---

① 吴稚晖：《评前行君之"中国新语凡例"》，《新世纪》1908年第四卷第40号。

② （清）谭嗣同：《仁学》，载《谭嗣同全集》，中华书局1958年版，下册，第61页。

③ 倪海曙：《中国拼音文字运动史简编》，上海时代画报出版社1948年版，第32页。

第一章 中国现代文学的孕育

加速器,为白话成为现代文学的载体和最终登上五四新文化运动历史舞台提供了坚实基础。1898年,晚清白话文运动先驱裘廷梁发表《论白话文为维新之本》一文,在文中阐述了文言文与中国传统封建文化和专制主义的关联,力主革除文言文,并提出白话文的八大优势,以及推广白话文及其裹挟的现代启蒙思想的必要性。

> 一曰省目力:读文言日尽一卷者,白话可十之,少亦五之三之,博极群书,夫人而能。二曰除骄气:文人陋习,尊己轻人,流毒天下;夺其所恃,人人气沮,必将进求实学。三曰免枉读:善读书者,略糟粕而取菁英;不善读书者,昧菁英而矜糟粕,买椟还珠,虽多奚益?改用白话,决无此病。四曰保圣教:《学》《庸》《论》《孟》,皆二千年前古书,语简理丰,非卓识高才,未易领悟。译以白话,间附今义,发明精奥,庶人人知圣教之大略。五曰便幼学:一切学堂功课书,皆用白话编辑,逐日讲解,积三四年之力,必能通知中外古今及环球各种学问之崖略,视今日魁儒耆宿,殆将过之。六曰炼心力:华人读书,偏重记性。今用白话,不恃熟读,而恃精思,脑力愈瀹愈灵,奇异之才,将必叠出,为天下用。七曰少弃才:圆颅方趾,才性不齐;优于艺者或短于文,违性施教,决

无成就。今改用白话，庶几各精一艺，游惰可免。八日便贫民：农书商书工艺书，用白话辑译，乡僻童子，各就其业，受读一二年，终身受用不尽。①

在这种语言主张的推动下，晚清白话报刊强势崛起。1876年3月30日《民报》在上海创刊，1897—1911年，出现《演义白话报》《蒙学报》《无锡白话报》《杭州白话报》《中国白话报》《安徽俗话报》《直隶白话报》《京话日报》《智群白话报》《童子世界》《西藏白话报》等白话报刊200多种。② 这些白话报刊有着共同的目的：以白话报刊作为启蒙载体，在开启民智的同时，推动中国现代化进程，"中国人想要发愤立志，不吃人亏，必须讲究外洋情形、天下大势；想要讲究外洋情形、天下大势，必须看报；想要看报，必须从白话起头，方才明明白白"③。这些报刊有着相似的内容：针砭时弊、揭露黑暗、转播新学、移风易俗，尤其是对封建传统文化批判成为白话报刊的共同内容取向。例如，《杭州白话报》开辟"俗语之谬""俗语存真"专栏，对日常生活中经常出现和使用的俚

---

① 裘延梁：《论白话文为维新之本》，载王运熙主编《中国文论选·近代卷》，江苏文艺出版社1996年版，下册，第32页。
② 参见胡全章《清末民初白话报刊研究》，中国社会科学出版社2011年版。
③ 阿英：《晚清文艺报刊述略》，古典文学出版社1958年版，第63—64页。

语、俗语进行学理分析，对传统文化观念中的"女子无才便是德""痴男胜过巧女"等封建思想进行批判，并重新塑造现代性的女性主体。同时，有着趋同的语言风格：使用白话文作为报刊文章语言，力求文章语言的通俗易懂、简单明了，在语言修辞上多使用来源于日常生活的比喻，并采纳民间戏曲的语言形式来写文章。白话报刊的兴起和拓展，为中国现代文学语言的革新提供了平台和契机，为中国现代文学的生成创作了前提条件，"五四的白话文运动绝不是一个突如其来的异物，而是清末发展的延伸和强化。换句话说，清末的白话与五四的白话并不是两个互不相干的发展，而是同一个延续不曾断绝的新的历史动向的产物。我们说五四白话和清末的白话属于同一个不曾断绝的传统，最直接的证据是领导1910年代白话文运动的两个台柱子胡适和陈独秀都在1900年代的主要白话刊物上写过大量的文字，而且其中的一些主张都成为1910年代启蒙运动中新思想的要素"[①]。

第四节 现代知识分子群体的形成

晚清知识分子一方面在内忧外患、风雨飘摇的历史情境中

---

① 李孝悌：《胡适与白话文运动的在评估：从清末的白话文谈起》，载《清末的下层社会启蒙运动：1901—1911》，河北教育出版社2001年版，第19—20页。

肩负着唤起民众立志图强的历史使命，另一方面也将自己的视阈从内部转向外部，聚焦于现代西方世界先进的文化、科学技术，希望从封建文化体系中突围出来，在汲取西方现代知识的同时，推动中华民族的现代化进程。1840—1911 年，以林则徐、魏源、姚莹、冯桂芬等人为代表的传统知识分子挣脱封建传统知识体系的拘囿，开始睁眼看世界，接触、学习、翻译和移植大量西方现代科学知识和思想文化成果，提倡通过发展以现代科学技术为基础的实业实现国富民强，这些先驱在知识结构和价值体系上已经开始向现代知识分子转变。他们编撰了《四洲志》《海国图志》《康輶纪行》等 22 部介绍世界地理知识的著作。同时，在农民阶层中涌现了一批诸如洪仁玕一样，接受西方现代知识和现代观念的农民知识分子，他们能够在某种程度上根除封建传统文化对他们的影响；晚清时期也出现了脱离传统教育，在西方化的新式教育中成长起来的知识分子，这类知识分子主要来源于马礼逊学堂、英华书院、宁波女塾等教会学校；现代出版体系的建立也为培养现代知识分子提供了平台和机遇，例如，墨海书馆作为上海最早的现代出版社，培养了王韬、李善兰等现代知识分子。①

---

① 俞祖华：《中国现代知识分子群体的形成、世代与类型》，《东岳论丛》，2012 年第 31 期。

第一章　中国现代文学的孕育

随着洋务运动的开展，中国在工商实业、教育事业、文化产业等多个领域和多个方面取得了巨大进步，而随着中国现代化进程的拓展，一大批现代知识分子应运而生，除了从传统政治体制和传统士大夫阶层转化而来的一批知识分子，教会学校和新式洋务学堂成为现代知识分子的主要聚集地，京师同文馆、广州同文馆、马尾船政学堂、天津电报学堂、天津水师学堂等26所洋务学堂，到1909年国内新型学堂大约有5.7万所，新式学堂的学生数量高达164万多人。[①] 这些在新式学堂接受西方现代科学知识和人文思想的学生，在长时间的学习和演化过程中逐渐接受了现代化的知识结构、思维方式和行为准则，他们对现代科学理性、直线性的时间观和历史观，对独立精神、民众自由、政治民主、个性解放等现代因素持认同态度。这些新思想和精神特质的生成，标志着中国现代知识分子的诞生。这些秉持现代观念的知识分子通过自己的社会实践，逐步改变着中国社会的传统道德伦理观念，改变着民众的日常行为方式和生活方式，包括民族价值取向和精神结构，对中国现代文化转型产生了深远影响。

"洋务运动时期，不仅在创办企业与引进西方科技的实践中培养出了徐寿、华衡芳、李善兰等科技型知识分子，出现了

---

① 参见王韬《弢园文录外编·重民下》，上海书店2002年版。

王韬、沈毓桂等任职于现代报刊与出版机构的传媒知识分子，亦出现了其他一些在通商口岸较早接触西方文化的'条约口岸知识分子'，出现了着眼于工具批判、尤其是提出了设立议院的构想、被称为'早期维新思想家'的人文型知识分子，还通过新型教育使一部分人接受新型知识、从而培养了将在下一世代登场的现代知识分子，包括像严复那样具有公共关怀与批判精神的'公共知识分子'。"[1] 在上述众多知识分子群体中出现了王韬、容闳、郭嵩焘、薛福成、黎庶昌、马建忠、陈炽、郑观应、何启、胡礼垣等文人知识分子，虽然他们并不是单纯的文人学者和文学作家，但是他们在关注中国的政治制度、经济体制变革的同时，利用在国外游历的机会以文学的形式记录了西方世界的风土人情和地理特征。林乐知的《地理浅说》、蔡尔康的《三十一国志要》、马礼逊的《外国史》、林则徐的《四洲志》、魏源的《海国图志》、徐继畬的《瀛寰志略》、薛福成的《大九州说》、郑荩的《地球方域考略》、王韬的《琉球朝贡考》《漫游随录》、袁祖志的《谈瀛录》等著作相继出版，这些域外游记、考略等为中国现代文学的发生提供了新鲜的现代价值观念和理论研究基础，提供了西方化的视阈

---

[1] 俞祖华：《中国现代知识分子群体的形成、世代与类型》，《东岳论丛》2012年第31期。

第一章 中国现代文学的孕育

及可参照的方式和路径。

其中王韬的旅欧游记具有典型意义,通过王韬的旅欧游记我们可以勘探到作为中国现代文学先行者的内在精神取向和思想发展脉络。王韬在中国近代史有着教育家、思想家、报业精英、时评家等多重身份,虽然他并未置身于晚清政府体制之内,但却以普通知识分子的身份参与了创办报纸、翻译西方经典、出书立传、速写时评等一系列重要事件,对近代中国的现代化进程产生了重要影响。1867年,王韬因太平天国事件流亡香港多年以后,受到香港英华书院的邀请,前往英国游学,1870年返回香港,17年之后发表了《漫游随录》记录这段旅欧生活。王韬作为既有深厚中国传统文化根基,又有着独特的异域生活经验的近代知识分子,他所具有的中西混杂的文化属性"代表了中国背景中的某种非常新的东西"[1]。同时,作为近代"口岸知识分子"[2]的代表,因为被排除在主流政治体制之外,而始终与政治体制保持足够的距离,因此更能够以一种清醒、独立、自由的立场和姿态观察西方世界,并走在了近代知识分子的前列。"余之至泰西也,不啻为

---

[1] [美]柯文:《在传统与现代性之间:王韬与晚清改革》,雷颐、罗检秋译,江苏人民出版社2003年版,第80页。
[2] 王立群:《中国早期口岸知识分子形成的文化特性:王韬研究》,北京大学出版社2009年版,第7页。

先路之导，捷足之登，无论学士大夫无有至者，即文人腾流亦复绝迹。"① 作为中国率先走出国门的知识分子、从中国传统知识体系中蜕变的新式文人，面对巴黎、伦敦的繁华景象和现代化都市文明，王韬的思维范式、认识框架和行为方式等都产生了明显的变化，尤其是西方世界的物质兴盛对王韬的思想观念产生了极大的冲击。

  泰西利捷之制，莫如舟车，虽都中往来，无不赖轮车之迅便。其制略如巨柜，左右启门以通出入，中可安坐数十人，下置四轮或六轮不等。行时数车联络，连以铁钩，前车置火箱。火发机动，轮转如飞，数车互相牵率以行。车分三等，上者其中宽绰，几席帷褥光洁华美，坐客安舒；中者位置次之；下者无蓬帐蔽遮，日曝雨飘，仅可载粗重货物或栖息仆役而已。其行，每时约二百里或三百余里。辙道铸铁为渠，起凸线安轮，分寸合轨，平坦兼整，以利驰驱，无高低凹凸、奇欠斜倾侧之患，遇山石则辟凿通衢大道，平直如砥。车道之旁，贯接铁线千万里不断，以电气秘机传达言语，有所欲言，则电气运线，如雷电之迅，猝不及避，有撞裂倾覆之虞，故凡往来起止预有定

---

① 王韬：《漫游随录图记》，山东画报出版社2004年版，第2页。

期，其当车路要衝，置驿吏邮役昼夜守立，严谨值班，须臾不懈。余居英商士排赛家，每至李泰国家晚餐，车必由地道中行，阅刻许始睹天光，或言地中两旁设有闤闠，灯光辉煌，居然成市集。①

在《漫游随录图记》中，王韬对英国火车从发明到应用过程进行了详细描写，但这种描写不仅仅是对西方世界物质文明的炫耀式陈列和展示，而是从对火车模糊的抽象的主观感受，到对火车工作原理、外观样态、内部设置等的细节描摹，再到对相关配套设置和运作制度进行勘察，进而对西方物质发展史背后的政治、经济、文化等众多因素的现代化进行思考，看出物质背后所蕴含的丰富意义："英之为此，非徒令人炫奇好异、悦目怡情也。盖人限于方域，阻于时代，足迹不能遍历五洲，见闻不能追及千古；虽读书知有是物，究未得一睹形象，故有遇之于目而仍不知为何名者。今博采旁搜，综括万汇，悉备一庐。于礼拜一、三、五日启门，纵令士庶往观。所以佐读书之不逮而广其识也，用意不亦深哉。"② 在某种意义上，王韬等人的域外游记是典型的文学现象，这些域外游记并

---

① 王韬：《漫游随录图记》，山东画报出版社2004年版，第96页。
② 同上书，第87页。

非是简单的域外旅行见闻，而是在其中注入了作家的主体情感、思想诉求等诸多要素。更为关键的是，这种游记为中国现代文学提供了现成的样板，康有为的《意大利游记》《法兰西游记》、梁启超的《新大陆游记》相继出版，撰写异域游记成为一代风气，"这批人原是洋务派，出国后沐浴在欧美风雨之中，程度不同地知道了西方的科学和民主，便懂得一点现代的市政、法律、人道、教育、科技、政体，有了向维新派过渡的趋势。这批人忠于君王和反对孙中山革命，是免不掉的，但在那个时候，他们到底已经是最通达的一个文人了。这些人是胡适们的前辈。"①

---

① 吴福辉：《中国现代文学发展史》，北京大学出版社2010年版，第29页。

第二章 中国现代文学的生成

晚清时期中国社会在政治、经济、文化等方面的一系列变动和革新构成了中国现代文学发生的前提条件,以五四文学革命为肇始,中国现代文学进入正轨和快车道,自 1917 年至 1949 年的 30 年间,中国现代文学经历了孕育、生成、发展和演化等不同阶段。按照时间线索和学界公认的节点,中国现代文学大致可以划分为 3 个阶段:(1) 1917—1927 年,以五四启蒙文学为主潮的 20 世纪 20 年代文学;(2) 1928—1937 年,左翼文学、自由主义文学和其他文学思潮并存的 30 年代文学;(3) 1937—1949 年,以抗战文学为主体,国统区文学、解放区文学、孤岛区文学共同发展的多样性、丰富性和复杂性的 40 年代文学。

第一节 五四文学革命

关于中国现代文学的起点和界限,存在着各种各样的争议。但无论如何，发生在1917年的五四文学革命都是一个具有重大历史意义的坐标。五四文学革命与中国现代文学之间具有相互渗透、相互指涉、相互阐释也相互依存的关系，我们以此为切入点，深入到中国现代文学内部，就足以排除大部分争议和质疑。1911年的辛亥革命推翻了当时中国的封建政体，结束了中国几千年的封建帝制，但并没有推翻以传统儒家伦理和封建专制文化为代表的封建文化体系，普通民众的精神启蒙还任重道远。因此，一批中国现代新型知识分子在接受了大量西方现代思想文化影响的情况下，更将思想启蒙作为人生追求和文学创作的终极目标。正如鲁迅写小说的目的，"自然，做起小说来，总不免自己有些主见的。例如，说到'为什么'做小说罢，我仍抱着十多年前的'启蒙主义'，以为必须是'为人生'，而且要改良这人生。我深恶先前的称小说为'闲书'，而且将'为艺术的艺术'，看作不过是'消闲'的新式的别号。所以我的取材，多采自病态社会的不幸的人们中，意思是在揭出病苦，引起疗救的注意"[①]。在五四时期，鲁迅这种以启蒙为核心目的的小说创作观并不是个例，而是一种普遍性的共识。向普通民众灌输民主、科学、自由、个性解放等现

[①] 鲁迅：《我怎么做起小说来》，载《鲁迅全集》第4卷，人民文学出版社2005年版，第526页。

代思想成为五四文学的集体诉求,与晚清时期中国社会政治上内忧外患、经济上资本主义工商业兴起、新兴知识分子群体逐步形成等相互呼应,共同纳入五四新文化运动潮流之中。

五四时期,陈独秀创办的《新青年》[①]成为"五四一代知识分子"[②]表述这种启蒙思想和文学实践的主要载体,"民主"和"科学"成为《新青年》的标示性词汇。陈独秀作为《新青年》的创办者和主编在《新青年》上发表创刊词"敬告青年",在这篇并不是很长的文章中陈独秀对青年提出了六点要求,"自主的而非奴隶的,进步的而非保守的,进取的而非退隐的,世界的而非锁国的,实利的而非虚文的,科学的而非想像的"[③],并认为中国普通民众想要挣脱封建传统专制文化的桎梏,重新构建现代性主体,必须借助科学与民主的力量,"国人而欲脱蒙昧时代,羞为浅,化之民也,则急起直追,当以科学与人权并重"[④]。在某种意义上,《新青年》及其所提倡的民主、科学思想和启蒙主义精神,改变了中国传统文化结构,《新青年》作为五四新文化运动的前沿主阵地和传播五四

[①] 1915年9月15日,陈独秀在上海创办《青年杂志》,1916年9月1日出版第2卷第1号,改名为《新青年》。
[②] 许纪霖:《中国知识分子十论》,复旦大学出版社2003年版,第82页。
[③] 陈独秀:《敬告青年》,载《独秀文存》,安徽人民出版社1987年版,第7—8页。
[④] 同上书,第7页。

新文化运动的主战场，不断宣扬西方启蒙思想，除陈独秀之外，李大钊、胡适、鲁迅、周作人、钱玄同、刘半农、高一涵、沈尹默等五四新文化先驱也都通过各自的文章和著述阐释了自己的启蒙观念，批判封建伦理纲常，展现"重新估定一切价值"的信念。① 通过作为五四新文化运动典范性表征的《新青年》，我们可以发现，五四新文化运动在以下几方面推动了中国现代文学的发展。

1. 为西方文化思想的传播拓展了空间。自五四新文化运动起，西方各种主义、各种理论、学说、思潮和流派接踵而至，伴随着非理性和理性的交锋和对峙。"五四思想的形成是直接受到西方近、现代启发和影响的结果，这已是不争的事实。"② 例如，五四时期大量西方哲学著作被译介，实用主义哲学、新实在论、生命哲学、黑格尔哲学、精神分析哲学，这些在哲学观念和理论体系中存在极大差异性的哲学思潮，一方面对中国传统哲学体系构成补充使之进一步完善，另一方面为中国现代文学提供了哲学基础和理论根基。更为重要的是，在众多的"主义"中，中国现代知识分子提炼出了"民主"与"科学"这两个重要的主题词，使之成为五四新文化运动的核

---

① 胡适：《新思潮的意义》，《新青年》1919 年第 7 卷第 1 号。
② 李蓉：《中国现代文学的身体阐释》，中国社会科学出版社 2009 年版，第 43 页。

心价值取向。尤其是，马克思主义在五四时期迅速传播，虽然在明末清初马克思主义已经通过西方传教士在中国传播，但传播范围比较小，没有形成思想运动的时机和条件，但随着《新青年》的创刊以及五四新文化运动的兴起，马克思主义得到广泛传播，对五四新文化运动产生了重要影响，"丰富了新文化运动的内涵，并使之具有了新的发展方向"①，更为重要的是，它为李大钊、陈独秀等早期共产党人提供了理论支撑和秉持的信仰。与此同时，西方文艺思潮亦开始大量涌入中国，易卜生、契诃夫、王尔德、屠格涅夫等西方作家的作品被译介，鲁迅、胡适、周作人、茅盾、郑振铎等人均参与到外国文学作品的翻译工作之中。

2. 五四新文化运动对中国传统儒家伦理纲常进行了全面否定和激烈批判，彻底颠覆了儒家文化在长期封建历史中形成的主导地位和绝对话语权，从而使普通民众从封建专制文化的束缚中解放出来。毋庸置疑，批判儒家文化成为《新青年》的主要工作和职能。

> 孔教为吾国历史上有力之学说，为吾人精神上无形统

---

① 黄楠森、龚书铎、陈先达主编：《有中国特色社会主义文化研究》，山东人民出版社1999年版，第256页。

一人心之具,鄙人皆绝对承认之,而不丝毫疑义。盖秦火以还,百家学绝,汉武独尊儒家,厥后支配中国人心而统一之名,惟孔子而已。以此原因,二千年来迄于今日,政治上、社会上、学术思想上,遂造成如斯之果。设全中国自秦、汉以来,或墨教不废,或百家并立而竞进,则晚周即当欧洲之希腊,吾国历史必与已成者不同。……及今不图根本之革新,仍欲以封建时代宗法社会之孔教统一全国之人心,据已往之成绩推方来之效果,将何以适应生存二十世纪之世界乎?吾人爱国心倘不为爱孔心所排而去,正应以其为历史上有力之学说,正应以其为吾人精神上无形统一人心之具,而发愤废弃之也。①

批判儒家文化中的三纲五常等道德观也是新文化运动的主要内容之一。李大钊、陈独秀、吴虞、易白沙等人都曾撰文对之进行清算,"儒者三纲之说,为一切道德政治之大源。君为臣纲,则民于君为附属品,而无独立自主之人格矣;父为子纲,则子于父为附属品,而无独立自主之人格矣;夫为妻纲,则妻于夫为附属品,而无独立自主之人格矣。率天下之男女,为臣,为子,为妻,而不见有一独立自主之人者,三纲之说为

---

① 陈独秀:《独秀文存》,安徽人民出版社1987年版,第674—675页。

之也。缘此而生金科玉律之道德名词，曰忠，曰孝，曰节，皆非推己及人之主人道德，而为以己属人之奴隶道德也"①，并以精神信仰、同工同酬、妇女解放、教育平等、婚姻自由、个性独立等具体社会问题为突破口，对封建伦理道德进行激烈否定，并通过与上述问题相关的创作与表述，整合出中国现代文学革命性的文学主题与精神指向。

3. 五四新文化运动对封建传统文化进行批判的同时，提出作为传播儒家文化的工具的文言文必须废除，因此白话文运动成为五四文学革命的重要组成部分。

1917年1月，胡适在《新青年》第2卷第5号上发表《文学改良刍议》，提出著名的文学语言改革的"八事"主张："吾以为今日而言文学改良，须从八事入手。八事者何？一曰，须言之有物。二曰，不摹仿古人。三曰，须讲求文法。四曰，不作无病之呻吟。五曰，务去滥调套语。六曰，不用典。七曰，不讲对仗。八曰，不避俗字俗语。"② 胡适在这篇文章中对文言文的弊端进行了深入的剖析，力主进行白话文改革，并阐释了文学的语言形式与内容、文学的社会职责、文学的真实性与典型性等问题，《文学改良刍议》成为五四文学革命的

---

① 陈独秀：《一九一六年》，《新青年》1916年第1卷第5号。
② 胡适：《文学改良刍议》，《新青年》1917年第2卷第5号。

先声和宣言。1917年2月,一直与胡适在通信中讨论五四文学革命和白话文运动的陈独秀在《新青年》刊出《文学革命论》一文,提出"三大主义"作为文学语言革命的标准和参照,"推倒雕琢的阿谀的贵族文学,建设平易的抒情的国民文学""推倒陈腐的铺张的古典文学,建设新鲜的立诚的写实文学""推倒迂晦的艰涩的山林文学,建设明了的通俗的社会文学"①,并将文学语言革新与个体精神重建、国家社会改造和民族启蒙联系在一起。胡适和陈独秀的文学语言革新主张在社会上引起了巨大反响,更在知识分子同仁中产生了共鸣:钱玄同在为胡适的白话诗集《尝试集》作的序中提出了打倒"选学妖孽""桐城谬种"的口号;1917年5月15日,刘半农在《新青年》上发表《我之文学改良观》,对语言改革细节提出了诸多意见,同时,傅斯年、李大钊、罗家伦、周作人等纷纷撰文响应。为了引起更大的轰动效应,钱玄同化名为"王敬轩"与刘半农在《新青年》针对文言文与白话文的优劣进行论辩,希望以此来推动白话文运动。同时,这些五四文化运动的先驱们还将研究的视域从文学语言变革扩展到应该如何建构一种新的文学形态上。胡适发表《建设的文学革命论》,提出"国语的文学,文学的国语"的主张;周作人接连发表《人的

---

① 陈独秀:《文学革命论》,《新青年》1917年第2卷第6号。

第二章 中国现代文学的生成

文学》《平民文学》主张文学的"人道主义"精神和平民化视角；俞平伯的《白话诗的三大条件》、康白情的《新诗的我见》、周作人的《日本近三十年小说发达》、刘半农《诗与小说精神的革新》等众多文章为五四新文学理论建设作出了重要贡献。"文学革命带来文学观念、内容、语言载体、形式等方面全面的革新与解放。文学观念上，文以载道、游戏消遣的传统观念被破除了，借鉴于西方的严肃的文学观念得到确立。新文学的理论倡导者和实践者对封建思想文化体系的彻底否定，改变了文学仿古的风气，表现人生的求真精神……五四文学革命开辟了中国文学史上现代化的新时代。"[①]

4. 随着五四新文化运动的持续开展，大量文学社团开始建立，尤其是文学研究会和"创造社"两大文学社团对推动五四新文化运动产生了重要影响。

1921年1月4日，文学研究会在北京成立，作为中国现代文学史上最早的文学社团，囊括了五四初期的大部分作家，包括郑振铎、沈雁冰、叶绍钧（叶圣陶）、许地山、王统照、耿济之、郭绍虞、周作人、孙伏园、朱希祖、瞿世英、蒋百里、谢婉莹、顾毓琇、黄庐隐、朱自清、王鲁彦、夏丏尊、舒

---

① 朱栋霖：《中国现代文学史（1917—2000）》，北京大学出版社2007年版，上册，第12页。

庆春、胡愈之、刘半农、刘大白、朱湘、徐志摩、彭家煌等170多位作家,以"研究介绍世界文学、整理中国旧文学,创造新文学"①为宗旨,强调现实主义精神,关注现实社会和人生,提倡一种"载道"的文学观,反对将文学作为娱乐和消遣的工具,"将文艺当作高兴时的游戏或者失意时的消遣的时候,现在已经过去了。我们相信文学是一种工作,而却又是与人生很切要的一种工作"②。文学研究会的这种文学观念与19世纪欧洲批判现实主义文学有着密切关联,因此文学研究会成员十分注重翻译19世纪俄国现实主义作品,以及东欧小国、日本等的现实主义作品,介绍、翻译了普希金、托尔斯泰、屠格涅夫、契诃夫、高尔基、莫泊桑、罗曼·罗兰、易卜生、显克维奇、阿尔志跋绥夫、安特莱夫、拜伦、泰戈尔、安徒生、萧伯纳、王尔德等人的作品。③在具体文学实践过程中,文学研究会成员普遍关注五四时期中国独特的社会现实,教育公平、婚姻自由、个性解放、阶层分化、宗教信仰等各种社会问题成为他们文学创作的主题,并强调问题的普遍性、典型性和象征性,他们以《小说月报》《文学旬刊》为平台,发表了一

---

① 《文学研究会简章》,《小说月报》1921年第12卷第1号。
② 《文学研究会宣言》,《小说月报》1921年第12卷第1号。
③ 钱理群、温儒敏、吴福辉:《中国现代文学三十年》(修订本),北京大学出版社2009年版,第14页。

系列"社会问题小说",形成了五四时期独特的"社会问题小说"潮流,涌现出冰心、王统照、卢隐、叶绍君、王鲁彦、许杰等众多社会问题小说家。

1921年6月,共同拥有日本留学经历的郭沫若、成仿吾、郁达夫等人在日本成立了"创造社"。"创造社"成立之初的理论主张与文学研究会存在明显差异,文学研究会注重关注社会问题,而"创造社"更关注个体和人性本身,注重表现自我,提倡为艺术而艺术,因此,在文学创作中凸显自我主观内心世界的幽微场景,捕捉自我情绪的细微变化,展示自我情感的真实状态就成为"创造社"作家的集体诉求,并形成浪漫主义和唯美主义倾向。"如果我们把内心的要求作一切文学创造的原动力,那么艺术与人生便两方面都不能干涉我们,而我们的创作便可以不至为它们的奴隶"[1],"我们的主义,我们的思想,并不相同,也并不必强求相同。我们所同的,只是本着我们内心的要求,从事于文艺的活动罢了"[2]。与为"艺术而艺术"的文学主张相对应,"创造社"的作家们认为文学活动的基础是文学作家迥异于常人的才能和对文学审美的超人的领悟力,他们企图将文学从"文以载道"的工具性中解脱出来。

---

[1] 成仿吾:《新文学之使命》,《创造周报》1923年第2号。
[2] 郭沫若:《编辑余谈》,《创造》季刊1923年第1卷第2期。

但 20 世纪初期中国复杂的社会现实又成为他们难以规避的存在，对他们的思想构成强烈冲击，在强调文学的艺术性的同时，他们仍然关注文学对时代的使命和功效，主张对旧社会"要不惜加以猛烈的炮火"[1]，"要在文学之中爆发出无产阶级的精神，精赤裸裸的人性"[2]。从表象来看，"创造社"的文学主张确实存在着某种内在的矛盾，但这正是 20 世纪初期中国一部分知识分子内心世界及精神状态的真实反映。"创造社的作家倾向到浪漫主义和这一系统的思想并不是没有原故的。第一，他们都是在外国住得很久，对于外国的（资本主义的）缺点，和中国的，（次殖民地）的病痛都看得比较清楚；他们感受到两重失望，两重痛苦。对于现社会发生厌倦憎恶。而国内国外所加给他们的重重压迫只坚强了他们反抗的心情。第二，因为他们在外国住得很久，对于祖国便常生起一种怀乡病；而回国以后的种种失望，更使他们感到空虚。未回国以前，他们是悲哀怀念；既回国以后，他们又变成悲愤激越；便是这个道理。第三，因为他们在外国住得长久，当时外国流行的思想自然会影响到他们。哲学上，理知主义的破产；文学上，自然主义的失败，这也使他们走上了反理知主义的浪漫主

---

[1] 成仿吾：《新文学之使命》，《创造周报》1923 年第 2 号。
[2] 郭沫若：《编辑余谈》，《创造》季刊 1923 年第 1 卷第 2 期。

第二章 中国现代文学的生成

义的道路上去。"① 因此,"创造社"成员对歌德、海涅、拜伦、雪莱、济慈等浪漫主义作家推崇备至。

除了文学研究会和"创造社",五四时期还涌现出语丝社、未名社、南国社、弥洒社、沉钟社等文学社团。这些社团的诞生,既体现了成员们对文学语言形式的探索,也体现出他们对文化内涵的丰富,表现了那个时代知识分子阶层共同的精神诉求。

第二节 鲁迅:现代小说与启蒙精神

鲁迅(1881—1939),原名周树人,字豫才。鲁迅一生中使用过多个笔名,"我使用的笔名也不只一个:LS、神飞、唐俟、某生者、雪之、风声;更以前还有:自树、索士、令飞、迅行。鲁迅就是承迅行而来的,因为那时的《新青年》编辑者不愿意有别号一般的署名"②,1918年5月,鲁迅在《新青年》第4卷第5号发表小说《狂人日记》,第一次使用笔名"鲁迅"。

---

① 郑伯奇:《〈中国新文学大系·小说三集〉导言》,载《中国新文学大系·小说三集》,上海良友图书印刷公司1935年8月版,第12页。
② 鲁迅:《〈阿Q正传〉的成因》,载《鲁迅全集》第3卷,人民文学出版社2005年版,第395页。

鲁迅出生在一个已经走向衰败的封建官宦家庭，当时中国社会处于内忧外患的动荡之中，封建国家政体风雨飘摇，行将灭亡。在这种特殊家庭环境和时代境遇中，鲁迅对中国社会的历史变动和社会变迁始终保持一种敏锐的感知力和勘察力。同时，鲁迅有着非常丰富的农村生活经验，童年时期他经常随母亲到农村外祖母家省亲，对浙江绍兴一带农村的环境和农民生活的贫苦、农民地位的卑贱有着深切的感受和深深的同情。加之，鲁迅的祖父因为科考舞弊案入狱，鲁迅的父亲长期患病，无暇顾及家业，使这样一个封建大家庭突然陷入困境，"从小康人家坠入困顿"[1]。国家的衰亡、时代的动荡和家庭的变故成为鲁迅童年生活的深层背景。源于这样的背景，一方面，经历了世态炎凉尝遍人情冷暖的鲁迅，对人生和社会有着自己客观而深刻的认识；另一方面，巨大的生活落差及它所带来的人际的、世态的各种变化也使他对中国社会、中国人的人性有了更加深刻的体验和独特的感悟。因此，鲁迅决定出走他乡，寻找别样的人生和世界。

1898 年，鲁迅从家乡的私塾进入洋务派创建的江南水师学堂，继而转入隶属江南陆师学堂的矿务铁路学堂学习，希望通

---

[1] 鲁迅：《〈呐喊〉自序》，载《鲁迅全集》第 1 卷，人民文学出版社 2005 年版，第 437 页。

过学习西方现代科技而对中国社会的科学发展有所贡献。在此期间，鲁迅初步接触到达尔文的进化论思想，以"物竞天择"的社会发展规律，思考和寻找中国社会的发展途径，但鲁迅始终对单向度的对"科学"的追求保持警惕，鲁迅认为科学不仅仅是一种缺乏情感的外在工具，更具有一种构建内在理性的启蒙功效，但对科学的推崇必须与政治改革和文化革新结合起来，科学可以成为政治改革和文化革新的突破口和切入点。1902年，鲁迅获得政府资助进入日本东京预备学校学习，当时的日本聚集了大量中国留学生和革命党人，反对清朝专制统治的爱国运动在这些留学生中十分兴盛，鲁迅作为其中一员受到了极大影响。同时，西方各种文艺思潮和文艺运动在日本广泛传播，尤其是达尔文的进化论、无政府主义学说和尼采的超人哲学被大范围接受，鲁迅受其影响，关注一切具有反抗精神和推崇个性主义的著作，并翻译了古希腊小说《斯巴达克之魂》，彰显小说中的战斗精神。同时还介绍翻译了一些介绍西方科学知识的小说。完成预备学校的学习之后，1904年鲁迅进入仙台医学专门学校学习，希望通过现代医学救治中国民众的身体顽疾，"从译出的历史上，又知道了日本维新是大半发端于西方医学的事实。因为这些幼稚的知识，后来便使我的学籍列在日本一个乡间的医学专门学校里了。我的梦很美满，预备卒业回来，救治像我父亲似的被误的病人的疾苦，战争时便去当军医。一面又促进了国人对于维新的信仰"[1]。

幻灯片事件作为一个激发点使鲁迅走向文学创作的道路,"他在幻灯的画面里不仅看到了同胞的惨状,也从这种惨状中看到了他自己"[2],1906年,鲁迅短暂回国与朱安完婚后,即刻返回日本,准备在日本创办文艺杂志,介绍东欧国家及其弱小民族反抗专制、追求自由的文艺思想。因此,鲁迅将目光聚焦在果戈里、契诃夫、显克微支等揭露现实社会黑暗的现实主义作家身上,同时也推崇拜伦、雪莱、雨果、海涅、普希金、莱蒙托夫、密茨凯维支和裴多菲等追求个性自由解放的浪漫主义作家。1907年,鲁迅陆续翻译了北欧和东欧国家的一些现实主义作品,并发表了代表鲁迅初期文艺思想的《文化偏至论》和《摩罗诗力说》两篇论文,对封闭、僵化、专制的封建文化进行批判,提倡自由主义和个性解放。1909年,鲁迅从日本回国先后在杭州和绍兴任教,并开始编撰《古小说钩沉》和《会稽郡古书杂集》,1911年辛亥革命爆发后,鲁迅开始以文学形式表现自己的反封建思想,创作了文言短篇小说《怀旧》,展现辛亥革命对封建势力的影响。1912年,鲁迅在

---

[1] 鲁迅:《〈呐喊〉自序》,载《鲁迅全集》第1卷,人民文学出版社2005年版,第438页。

[2] [日]竹内好:《鲁迅》《近代的超克》,载孙歌编,李冬木等译,《近代的超克》,生活·读书·新知三联书店2005年版,第57页。

第二章 中国现代文学的生成

蔡元培的邀请之下,先后在南京和北京两地出任中华民国政府教育部社会教育司第一科科长和教育部佥事。

这一时期发生的辛亥革命虽然推翻了清政府的统治,但封建政治经济和文化体系仍然保持着超稳定结构,并没有从根本上被撼动和破除。中国社会仍旧停留在封建阶段,鲁迅对此感到失望,但又寻找不到出路,精神一度陷入苦闷和彷徨之中,在抄写古书和辑录金石碑贴中保持沉默和思考。1915年《新青年》的创办,以及后来五四新文化运动的发生,为鲁迅的文学创作提供了契机。从1918年5月在《新青年》上发表中国现代文学史上第一篇白话文短篇小说《狂人日记》起,鲁迅创作了《孔乙己》《祝福》《药》等中国现代文学经典文本。1926年8月,由于鲁迅在"三一八惨案"中的革命立场,受到北洋政府的通缉,被迫离开北平辗转到厦门大学、中山大学任职。1927年9月,鲁迅离开广州定居上海,在这里开始了长达10年的创作活动。在此期间,他创作了很多回忆性的散文以及大量思想性很强的杂文,翻译、介绍了一些外国的进步文学作品。1936年鲁迅病逝于上海。

1907—1936年,鲁迅出版了短篇小说集《呐喊》《彷徨》《故事新编》,散文诗集《野草》,散文集《朝花夕拾》,以及《热风》《坟》《华盖集》《华盖集续编》《而已集》《南腔北调集》《三闲集》《二心集》《准风月谈》《伪自由书》

《集外集》《花边文学》《且介亭杂文》《且介亭杂文二集》《且介亭杂文末编》《集外集拾遗》16本杂文集和书信集《两地书》。此外,还写有《中国小说史略》《汉文学史纲要》等学术著作。①

鲁迅一生的文学创作以短篇小说、散文、杂文为主,没有出版过长篇小说。鲁迅的短篇小说收录在《呐喊》《彷徨》②两部短篇小说集中,这两部短篇小说集有着共同的情感指向和意义旨归,"取材多采自病态社会的不幸的人们"③,对"国民性"进行了深刻的批判,以此达到启发民智,构建全新现代性个体的目的。但从鲁迅本人的创作经验而言,《呐喊》中的小说与《新青年》杂志的初衷密不可分,都是想通过文学参与促成中国社会的变革。《呐喊》中充满了澎湃的激情和激发青年人思想的热情。而《彷徨》中的小说多是在五四新文化运动退潮时所作,与《呐喊》相比少了些恣意而为的革命激情和无所畏惧的战斗气息,"战斗的意气却冷得不少"④,却多

---

① 钱理群、温儒敏、吴福辉:《中国现代文学三十年》,北京大学出版社1998年版,第50页。
② 《呐喊》共收录1918—1922年的短篇小说14篇;《彷徨》共收录1924—1925年的短篇小说11篇。
③ 鲁迅:《我怎么做起小说来》,载《鲁迅全集》第4卷,人民文学出版社2005年版,第526页。
④ 鲁迅:《南腔北调集·〈自选集〉自序》,载《鲁迅全集》第4卷,人民文学出版社2005年版,第469页。

第二章 中国现代文学的生成

了几分深沉和氤氲。

《狂人日记》作为中国现代文学史上第一篇白话文小说被放置在《呐喊》的开篇，足以表明其经典性意义和在五四新文化运动中的地位。这篇小说通过一个"迫害狂"的非理性行为、病态心理活动和精神轨迹，揭露了封建"家族制度和礼教的弊害"[①]。狂人对普通民众的低声交谈和议论；对张开的嘴、没有任何具体指向和意义的类似"咬你几口"的闲言碎语；对医生叮嘱病人吃药的话语等保持超常的警惕，并由此联想到"吃人"的故事。但鲁迅并非只是单向度地向人们讲述一个精神病患者的故事，而是以此作为隐喻和象征，在其中蕴含了封建家族专制制度和封建礼教吃人的寓意。中国封建历史的畸形发展、封建伦理纲常对人性的压抑、封建历史的吃人性质等内容都在狂人的非理性癫疯行为中呈现出来，并构成一个完整的象征体系，弥散在小说之中，通过人物形象、环境设置、主题思想等多个环节，最终指向"吃人"的主题。"凡事总须研究，才会明白。古来时常吃人，我也还记得，可是不甚清楚。我翻开历史一查，这历史没有年代，歪歪斜斜的每叶上都写着'仁义道德'几个字。我横竖睡不着，仔细看了半夜，才从字缝里

---

① 鲁迅：《中国新文学大系·小说二集导言》，载《鲁迅全集》第6卷，人民文学出版社2005年版，第247页。

看出字来，满本都写着两个字是'吃人'。"① 但鲁迅所指的"吃人"并非现实生活中残忍的暴力行为，而是隐藏在封建传统文化内部，潜移默化、悄无声息的对人性本身的压抑和迫害，让个体失去生命的自主性、反思能力和重建自我的可能性，让个体变成封建政体和封建文化的符号和工具，成为丧失理性分析能力的附庸。"四千年来时时吃人的地方，今天才明白，我也在其中混了多年；大哥正管着家务，妹子恰恰死了，他未必不和在饭菜里，暗暗给我们吃。我未必无意之中，不吃了我妹子的几片肉，现在也轮到我自己……有了四千年吃人履历的我，当初虽然不知道，现在明白，难见真的人！"②

1921年12月至1922年2月，鲁迅在北京《晨报副刊》，用连载的方式发表了中篇小说《阿Q正传》。这篇小说的指向十分明确，意在批判中国人的"国民性"，"我觉得中国人所蕴蓄的怨愤已经够多了，自然是受强者的蹂躏所致的。但他们却不很向强者反抗，而反在弱者身上发泄""再露骨地说，怕还可以证明这些人的卑怯。卑怯的人，即使有万丈的愤火，除弱草以外，又能烧掉什么呢？"③ 在考察中国人的"国民性"

---

① 鲁迅：《狂人日记》，载《鲁迅全集》第1卷，人民文学出版社2005年版，第447页。
② 同上书，第454页。
③ 鲁迅：《坟·杂忆》，载《鲁迅全集》第1卷，人民文学出版社2005年版，第238页。

第二章　中国现代文学的生成

的同时，鲁迅对中国社会的革命进行了独特思考，将中国革命的外在制度改革与内在思想革命结合起来，"说起民元的事来，那时确是光明得多，当时我也在南京教育部，觉得中国将来很有希望……一到二年二次革命失败之后，即渐渐坏下去，坏而又坏，遂成了现在的情形……最初的革命是排满，容易做到的，其次的改革是要国民改革自己的坏根性，于是就不肯了。所以此后最要紧的是改革国民性，否则，无论是专制，是共和，是什么什么，招牌虽换，货色照旧，全不行的"[①]。由此看来，鲁迅写《阿Q正传》的目的并不在于宣泄五四新文化运动初期那种强烈的要求变革的激情，而是转而走向人的内心世界，对个体精神世界中根植的愚昧、麻木、冷漠、卑怯、虚伪等"国民性"要素进行清算，体现了鲁迅忧国忧民的思想情怀。

在小说中，阿Q是中国封建社会典型的农民无产者形象，失去了土地、房屋、工作，依靠打短工生活，甚至失去了拥有自己姓氏和名字的权利，始终处于生活的最底层，彻底被抛离正常的生活轨迹。更为重要的是，阿Q对自己的社会地位和生活状态失去了反思和重建能力，他经常以"精神胜利法"

[①] 鲁迅：《两地书·八》，载《鲁迅全集》第11卷，人民文学出版社2005年版，第31—32页。

来掩盖自己悲惨的生活境遇及其背后的原因：当他受到羞辱的时候，认为是"被儿子打了"；当他承受生活困苦的时候，认为"我的儿子会阔得多了"；当他无力摆脱受欺辱的境地时，认为自己是"畜生""虫豸"，并转而将自己的怨恨转移到更弱者身上，以此作为情感补偿。鲁迅从阿Q的自轻自贱、自高自大、自欺欺人、自我麻醉等一整套精神特性中，看到了中国社会和中国人精神方面的症结所在，虽然在极端情况下，阿Q希望通过革命来改变自己的悲惨境遇，但其革命的目的并非在于推翻中国封建传统政治制度，重建一个现代性社会和现代性个体，而是希望通过革命实现自我身份和地位的"翻身"，获取压榨其他人的权利和机会，从而化身为统治者和奴役者。

阿Q飘飘然的飞了一通，回到土谷祠，酒已经醒透了。这晚上，管祠的老头子也意外的和气，请他喝茶；阿Q便向他要了两个饼，吃完之后，又要了一支点过的四两烛和一个树烛台，点起来，独自躺在自己的小屋里。他说不出的新鲜而且高兴，烛火像元夜似的闪闪的跳，他的思想也迸跳起来了：

"造反？有趣……来了一阵白盔白甲的革命党，都拿着板刀、钢鞭、炸弹、洋炮、三尖两刃刀、钩镰枪，走过土谷祠，叫道，'阿Q！同去同去！'于是一同去。……"

第二章 中国现代文学的生成

"这时未庄的一伙鸟男女才好笑哩,跪下叫道,'阿Q,饶命!'谁听他!第一个该死的是小D和赵太爷,还有秀才,还有假洋鬼子……留几条么?王胡本来还可留,但也不要了。……"

"东西……直走进去打开箱子来:元宝、洋钱、洋纱衫……秀才娘子的一张宁式床先搬到土谷祠,此外便摆了钱家的桌椅——或者也就用赵家的罢。自己是不动手的了,叫小D来搬,要搬得快,搬得不快打嘴巴……"

"赵司晨的妹子真丑;邹七嫂的女儿过几年再说;假洋鬼子的老婆会和没有辫子的男人睡觉,吓,不是好东西!秀才的老婆是眼胞上有疤的……吴妈长久不见了,不知道在那里——可惜脚太大。"

阿Q没有想得十分停当,已经发了鼾声,四两烛还只点去了小半寸,红焰焰的光照着他张开的嘴。①

从阿Q的思想轨迹中,我们可以轻易地捕捉到阿Q对于革命的原初的和唯一的目的,就在于满足自身的欲望。金钱、权利、性、地位成为他革命的全部内容。阿Q的革命只不过

---

① 鲁迅:《阿Q正传》,载《鲁迅全集》第1卷,人民文学出版社2005年版,第538—539页。

是中国几千年农民革命的重复,传统的伦理纲常、农民的狡黠和狭隘、平均主义思想、顺民思维、皇权观念等封建文化体系的主体性要素被阿Q的革命思想所收编。阿Q的革命实际上是在维护和修复中国封建历史的"吃人"本质。因此,鲁迅对阿Q采取了批判态度,对中国历史上的革命进行了深度反思。"如果说《阿Q正传》是对作为开端的辛亥革命的一个探索,那么,这个开端也就存在于向下超越的可能性和必要性之中——这是生命的完成,也是一个完全不同的世界观的诞生。在这个意义上,《阿Q正传》是中国革命开端时代的寓言。"①

除阿Q之外,《呐喊》和《彷徨》中有多部小说都以农民作为叙述核心,通过讲述农民的故事来揭露中国社会和中国人的精神顽疾,"鲁迅心目中总有着他未能忘怀的广大农民的身影,鲁迅的同情和注意总是在这一边的。正因为如此'哀其不幸,怒其不争'才成为鲁迅许多作品的基本主题"②。《风波》以张勋复辟事件为背景,描写此次事件在江南农村引发的一场风波。以撑船为生的农民七斤一次偶然机会在进城时被革命党剪掉了辫子,但张勋拥戴溥仪重新做回皇帝,让七斤感到一种莫名的恐惧,同时,赵七爷也重新将隐藏的辫子示众,

---

① 汪晖:《阿Q生命中的六个瞬间——纪念作为开端的辛亥革命》,《现代中文学刊》,2011年第3期。

② 李泽厚:《中国近代思想史论》,安徽文艺出版社1994年版,第428页。

第二章 中国现代文学的生成

更在众人面前恐吓七斤要因为剪辫子而被杀头。虽然张勋复辟事件草草收场,七斤也只是经历了一场莫须有的惊吓,但辛亥革命并没有根除农民思想中的封建观念,从而实现政治革命与文化革命的双向并行,中国农民依然在这种封建专治统治下维系着固有的封建社会的生活。从这个意义上说,辛亥革命是不彻底的。

《故乡》是鲁迅为数不多的具有唯美抒情风格的小说,被誉为"东方最美的抒情诗"[①]。"我"童年时的伙伴闰土,小时候具有乡土少年特有的天真、自然和纯朴,在"我"的童年记忆中,闰土始终是一幅人与自然、人与生活高度融合的唯美图景中的人物,"深蓝的天空中挂着一轮金黄的圆月,下面是海边的沙地,都种着一望无际的碧绿的西瓜,其间有一个十一二岁的少年,项带银圈,手捏一柄钢叉,向一匹猹尽力的刺去,那猹却将身一扭,反从他的胯下逃走了。这少年便是闰土。我认识他时,也不过十多岁,离现在将有三十年了"[②]。但当"我"重返故乡后,闰土却早已失去了乡土少年的纯真和美好,生活的重压和封建制度的奴役已经将闰土变得麻木、迟钝和毫无生气,"我"与闰土的童年友谊也随着闰土的一声

[①] [日]龟井胜一郎:《鲁迅断想》,《作品》1935年9月。
[②] 鲁迅:《故乡》,载《鲁迅全集》第1卷,人民文学出版社2005年版,第502页。

"老爷"而彻底消失，封建等级思想替代了个体之间的平等和自由。小说《祝福》以农村妇女祥林嫂的悲惨人生为叙事核心，祥林嫂在第一任丈夫死后，来到鲁镇的鲁四老爷家做工，虽然被鲁四老爷厌恶，但生活过得平静而自然，祥林嫂也得到了精神上的些许安慰，"口角边渐渐的有了笑影"。但祥林嫂的婆婆为了给自己的小儿子娶媳妇，将祥林嫂卖给了山里人贺老六，婚后，贺老六暴病而亡，祥林嫂的儿子也被狼叼走，祥林嫂无奈第二次来到鲁四老爷家帮工。但这时的她已经成为众人眼中的"不祥之物"，即使是捐了门槛替自己赎了罪也无法摆脱罪人的身份，最终祥林嫂精神绝望，沦为乞丐，在鲁镇新年祝福的鞭炮声中死亡。"她不仅生前哀哀无告，而且还必须怀着恐惧走向死亡——因为死亡对她来说，不是痛苦生活的结束，而是另一种更大的恐怖——受锯刑的开始。"[1] 祥林嫂的死亡有其必然性，封建宗法制度及其意识形态为她编织了一张无法逃遁的隐形之网，她只能在这网中结束生命。

鲁迅除了在小说中塑造麻木、冷漠、愚钝的农民形象之外，也同时塑造了众多悲愤、沉郁、痛苦的知识分子形象。《在酒楼上》的主人公吕纬甫曾经是充满反抗精神和理想主义的青

---

[1] 严家炎主编：《二十世纪中国文学史》，高等教育出版社2010年版，第179页。

第二章 中国现代文学的生成

年,蔑视封建制度和封建文化,但后来却变成了意志消沉、精神颓废、得过且过、平庸琐碎的人,在日常凡俗的生活中无聊地消耗着自己的生命。许多年轻时厌恶的事情正不断地吞噬着他的生命,而他却无力反抗,最后只能在原地转圈,"在少年时,看见蜂子或蝇子停在一个地方,给什么来一吓,即刻飞去了,但是飞了一个小圈子,便又回来停在原地点,便以为这实在很可笑,也可怜。可不料现在我自己也飞回来了,不过绕了一点小圈子"①。《孤独者》中的魏连殳与封建世俗社会保持着距离,努力在精神上留存一种知识分子的傲骨,但现实生活的穷苦和窘境最终还是将他逼入绝境,无奈成为一名军阀的顾问,他的身份也从一名理想主义者变成一名政客。虽然生活境遇得到了改善,但精神却彻底走向堕落和绝望。"忽然,他流下泪来了,接着就失声,立刻又变成长嚎,像一匹受伤的狼,当深夜在旷野中嗥叫,惨伤里夹杂着愤怒和悲哀。"② 这悲哀,一方面是理想最终幻灭之痛,一方面更是整个时代的伤痛。

小说《伤逝》中的子君和涓生是典型的五四新文化运动所认同的青年知识分子形象,对婚姻自由和个性解放有着强烈

---

① 鲁迅:《在酒楼上》,载《鲁迅全集》第 2 卷,人民文学出版社 2005 年版,第 27 页。

② 鲁迅:《孤独者》,载《鲁迅全集》第 2 卷,鲁迅先生出版社 1948 年版,第 249 页。

的精神诉求，因此，他们敢于冲破封建家庭的阻碍，忽略其他人的非议和耻笑，"我是我自己的，他们谁也没有干涉我的权利"！但鲁迅却对这种非理性的激进主义理想保持警觉，鲁迅认为个性解放与社会解放是相互支撑的一个整体，个性解放确立的基础是政治制度、经济体制、文化传统的全方位变革，个性解放是一整套体系和机制的运作，而不是凭借个体的激情和冲动完成的。因此，当子君和涓生从封建家庭中逃离，走进婚姻生活的时候，他们发现日常生活的庸常和琐屑迅速将激情和理想吞噬，"大半年来，只为了爱，——盲目的爱，——而将别的人生的要义全盘疏忽了"，当他们突然发现人生的真相和理想主义、个性解放的虚妄之后，又急于从婚姻生活中逃离出来，子君和涓生的失败并不是一个个案，而是五四一代青年知识分子集体面对的困惑和难题，个体式的奋斗属于五四时代，同时也被五四时代埋葬，在这种个性解放的路径上充满了沉痛和悲愤，而不得不以"遗忘和说谎"为"前导"。除了魏连殳、吕纬甫、涓生、子君等五四现代知识分子形象外，鲁迅在他的小说中还塑造了一批传统知识分子形象。《白光》中的陈士成屡次科考失利，在绝望之际妄想挖掘祖宗埋在地下的金银，结果在幻象中淹死在万流湖里。《肥皂》和《高老夫子》则是对传统士绅阶层伪善面目的批判。

　　鲁迅的小说创作在中国现代文学史上是一种独特的存在，

第二章　中国现代文学的生成

鲁迅小说的艺术风格和写作手法很少出现重复，从《呐喊》到《彷徨》，每一篇小说都有着自己标识性的面相和风格。"十多篇小说，几乎一篇有一篇新形式，而这些新形式又莫不给青年作者以极大的影响，必然有多数人跟上去试验。"① 鲁迅小说中存在一种相互对峙而又相互融合的艺术个性，丰腴而简练、悠长而隽永、诙谐而冷峻，正如鲁迅本人在评价陀思妥耶夫斯基时所说："显示灵魂的深者，每要被人看作心理学家；尤其是陀思妥夫斯基那样的作者。他写人物，几乎无须描写外貌，只要以语气，声音，就不独将他们的思想和感情，便是面目和身体也表示着。又因为显示着灵魂的深，所以一读那作品，便令人发生精神的变化。灵魂的深处并不平安，敢于正视的本来就不多，更何况写出？"② 尤其是鲁迅在刻画人物时，通过对人物眼睛的描写来透视人物的内心世界，这种"画眼睛"和"勾灵魂"的方法为中国现代白话小说艺术审美力的提升开拓了一条新路径。《白光》中的陈士成"含着大希望的恐怖的悲声，游丝似的在西关门前的黎明中"回荡，《孤独者》中的魏连殳"象一匹受伤的狼，当深夜在旷野中嗥叫"，《祝福》中祥林嫂"消尽了先前的悲哀的神色，仿佛是木刻似

---

① 雁冰：《读〈呐喊〉》，《文学》1923 年第 91 期。
② 鲁迅：《〈穷人〉小引》，载《鲁迅全集》第 7 卷，人民文学出版社 2005 年版。

的"绝望的神情等,通过声音、眼睛、神态的刻画和描摹将人物丰富的精神世界呈现出来。鲁迅在谈及自己的小说创作时提到中国传统文化对自己的影响:"我力避行文的唠叨,只要觉得够将意思传给别人了,就宁可什么陪衬拖带也没有。中国旧戏上,没有背景,新年卖给孩子看的花纸上,只有主要的几个人(但现在的花纸却多有背景了),我深信对于我的目的,这方法是适宜的,所以我不去描写风月,对话也决不说到一大篇。"① 正是这样直观的、精炼的、细致入微的描绘形成了鲁迅小说的独特的艺术风格。《端午节》中的方玄绰与太太因为学费问题对话时的语气,《鸭的喜剧》中孩子们向爱罗先珂讲述鸭子吃蝌蚪时的神态,《孔乙己》中小伙计对孔乙己的轻蔑的神情,以及孔乙己排出几文铜钱时的动作,《示众》中围观群众的麻木神态等都体现出鲁迅小说独特的艺术表现力。

同时,鲁迅擅于在细微的生活细节中发现宏大而深刻的主题,以此达到"揭出病苦,引起疗救"的目的。《呐喊》和《彷徨》几乎都以现实生活的人和事作为故事的核心,但却在其中蕴藏了一个时代的重大命题和作者的独特考量。"我希望有若干留心各方面的人,将所见,所受,所感的都写出来,无

---

① 鲁迅:《我怎么做起小说来》,载《鲁迅全集》第4卷,人民文学出版社2005年版,第526—528页。

第二章 中国现代文学的生成

论是好的,坏的,像样的,丢脸的,可耻的,可悲的,全给它发表,给大家看看我们究竟有着怎样的'同胞'。"[1]《呐喊》和《彷徨》中的主题具有丰富性、复杂性和多义性,辛亥革命、国民性、个性解放、民主自由、命运、自我、孤独、死亡等多种主题都能在其中寻找到对应物。例如,小说《药》的开端以"什么都睡着"5个字象征了中国社会的死寂和僵化,以及在其中生活的人们的精神腐化和沉沦;《故乡》结尾的"路",既是现实生活中个体所需要经历的人生过程,同时也体现出具有哲学高度的对人生和命运的思考。

鲁迅对于中国现代文学史的贡献不仅仅局限在小说创作上,他的杂文和散文创作同样丰富和拓展了中国现代文学史的形式和内容。鲁迅的杂文是与五四新文化运动同步而生的一种新文体,分别发表于《新青年》的"随感录"和《晨报副刊》《京报副刊》《国民新报副刊》《语丝》《莽原》《猛进》等多种报刊上。很多被收录在《坟》《热风》《华盖集》和《华盖集续编》中。鲁迅的杂文以尖锐犀利、文风幽默机智,具有深厚的哲学内蕴而著称,体现出文学参与社会进程的积极功效。"也有人劝我不要做这样的短评。那好意,我是很感激

---

[1] 鲁迅:《华盖集·忽然想到(十一)》,载《鲁迅全集》第3卷,人民文学出版社2005年版,第97页。

的，而且也并非不知道创作之可贵。然而要做这样的东西的时候，恐怕也还要做这样的东西，我以为如果艺术之宫里有这么麻烦的禁令，倒不如不进去。"[1] 鲁迅杂文的批判视角多指向中国封建传统文化和封建意识形态，"幸存的古国，恃着固有而陈旧的文明，害得一切硬化，终于要走到灭亡的路"。《说胡须》《看镜有感》《论"他妈的！"》等杂文对中国传统文化中的缠足、留辫子、抽鸦片、一夫多妻等封建糟粕进行质疑和否定。《论照相之类》《春末闲谈》向愚昧无知的习俗进攻，《我之节烈观》《我们现在怎样做父亲》《娜拉走后怎样》《论雷峰塔的倒掉》《灯下漫笔》等揭露封建礼教吃人的本质，从而使杂文成为"感应的神经"和"攻守的手足"。[2] 除了对封建文化进行批判，鲁迅的杂文也对现实政治发表了个人独特的见解，并在其中蕴含了浓烈的个体情感。《记念刘和珍君》对段祺瑞政府以卑劣手段残杀革命青年进行了揭露和痛斥，满含悲愤和战斗情怀。《为了忘却的纪念》为白莽、柔石等革命青年的牺牲深感痛心，对国民政府的反革命行径深表义愤。《友邦惊诧论》直接揭露国民政府与日本侵略者之间的勾结和阴

---

[1] 鲁迅：《华盖集·题记》，载《鲁迅全集》第3卷，人民文学出版社2005年版，第4页。

[2] 鲁迅：《且介亭杂文·序言》，载《鲁迅全集》第6卷，人民文学出版社2005年版，第3页。

谋,暴露"九·一八"事件的真相。

鲁迅的杂文能够将幽默和讽刺有机结合起来,并产生连锁反应,或者说,鲁迅杂文中常常具有一种独特的幽默风格,而幽默中又渗入一种彻骨的讽刺,幽默加重了讽刺,讽刺提升了幽默,而这一切都是以真实为基础,以鲜活的形象为依托的。"讽刺的生命是真实;不必是曾有的实事但必须是会有的实情。所以它不是'捏造',也不是'诬蔑';既不是'揭发阴私',又不是专记骇人听闻的所谓'奇闻'或'怪现状'。它所写的事情是公然的,也是常见的,平时是谁都不以为奇的,而且自然是谁都毫不注意的。不过这事情在那时却已经是不合理,可笑,可鄙,甚而至于可恶。但这么行下来了,习惯了,虽在大庭广众之间,谁也不觉得奇怪;现在给它特别一提,就动人。譬如罢,洋服青年拜佛,现在是平常事,道学先生发怒,更是平常事,只消几分钟,这事迹就过去,消灭了。但'讽刺'却是正在这时候照下来的一张相,一个撅着屁股,一个皱着眉心,不但自己和别人看起来有些不很雅观,连自己看见也觉得不很雅观;而且流传开去,对于后日的大讲科学和高谈养性,也不免有些妨害。倘说,所照的并非真实,是不行的,因为这时有目共睹,谁也会觉得确有这等事;但又不好意思承认这是真实,失了自己的尊严。于是挖空心思,给起了一个名目，叫作'讽刺'。"①

《野草》和《朝花夕拾》是鲁迅的两部散文诗集，尤其是《野草》开创了中国现代文学散文诗的新形式和新格局，在其中蕴含了鲁迅本人的生命哲学。《野草》中的文章写作于1924年9月至1926年4月，一共收录23篇作品。与鲁迅的小说和杂文相比，《野草》中的作品显得阴鸷冰冷而晦涩难懂，这种文风的形成一方面是北洋政府对意识形态宣传的严格把控，言论自由空间被极大压缩，无法直抒胸臆，"那时难于直说，所以措辞就很含糊了"②；另一方面是，鲁迅深陷与"现代评论派"的论争中，同时，围绕《新青年》建立的作家群体纷纷解散，文坛内部矛盾斗争不断，作家无法集中精力进行文学创作，没有任何一个作家和流派能够形成核心向心力和凝聚力。因此，鲁迅思想和精神上经历了苦闷、徘徊和彷徨，因而使《野草》的色调显得有些昏暗，"我的作品，太黑暗了，因为我常觉得惟'黑暗与虚无'乃是'实有'，却偏要向这些作绝望的抗战，所以很多偏激的声音。其实这或者是年龄和经历的关系，也许未必一定的确的，因为我终于不能证实：惟黑暗与虚

---

① 鲁迅：《且介亭杂文二集·什么是"讽刺"》，载《鲁迅全集》第6卷，人民文学出版社2005年版，第340页。
② 鲁迅：《二心集·〈野草〉英文译本序》，载《鲁迅全集》第4卷，人民文学出版社2005年版，第365页。

第二章 中国现代文学的生成

无乃是实有。所以我想,在青年,须是有不平而不悲观,常抗战而亦自卫"①。以至于《野草》中交织着悲观与乐观、绝望与希望、黑暗与光明、存在与虚无等多种矛盾和对立,这种变幻多端、难以捕捉的情绪在文中流淌、蔓延,使人难以把握和体会。在《这样的战士》和《过客》中,"过客"经过长途跋涉已经身心俱疲,但一种源发于生命本体的声音却不断地召唤"过客","过客"无法停止自己前行的步伐,虽然"过客"无法预知未来路途的凶险,但依然走向远方。"这样的战士"被外在的"慈善家,学者,文士,长者,青年,雅人,君子"等称谓和身份所围困,同时,也被内在"学问,道德,国粹,民意,逻辑,公义,东方文明"等精神要素所纠缠,这些称谓和要素成为"杀人不见血的武器","他举起了投枪",当一切喧嚣归于沉寂后,却发现自己深陷"无物之阵",但依然要保持战斗的姿态和使命,这就是鲁迅的生命哲学:战斗着死亡,以死亡反抗绝望。如果说《野草》属于鲁迅自己的"私人私语"和内心独白,那么,《朝花夕拾》则是"闲言碎语"和温情叙述。《朝花夕拾》收录了1926年2—11月写的散文10篇,是鲁迅对自己童年生活和青年时代经历的回顾,"是从记忆中抄

---

① 鲁迅:《两地书·四》,载《鲁迅全集》第11卷,人民文学出版社2005年版,第21页。

出来的"①。《阿长和〈山海经〉》中的保姆阿长、《藤野先生》中的日本医学教授藤野、《范爱农》中的同乡范爱农、《琐记》中的喜欢传播谣言的衍太太、《从百草园到三味书屋》中的私塾先生、《无常》中"鬼而人,理而情,可怖而可爱的无常"等众多形象各异的人物在《朝花夕拾》中浮现。

鲁迅在小说、杂文、散文诗等方面所取得的成绩足以让其在中国现代文学史上拥有充足的话语权,并占据制高点。

第三节 郁达夫:浪漫与现实的纠葛

郁达夫(1896—1945),原名郁文,字达夫,出生在浙江富阳一个没落的书香世家。家庭环境和他所接受的教育使他对中国传统文学有着广泛的兴趣和深厚的积累,尤其是古典诗文的素养。郁达夫阅读了大量中国传统小说、诗歌和戏剧作品,对其后来的创作产生了深刻的影响。郁达夫的古典诗词写作功底和技巧在中国现代文学作家中首屈一指。1913—1919年,他在日本留学,在此期间又接受了近代欧洲、日本等现实主义、浪漫主义、现代主义等多种文艺思潮的影响,

---

① 鲁迅:《朝花夕拾·小引》,载《鲁迅全集》第2卷,人民文学出版社2005年版,第236页。

第二章 中国现代文学的生成

"在高等学校里住了四年,共计所读的俄德英日法的小说,总有一千部内外,后来进了东京的帝大。这读小说之癖,也终于改不过来,就是现在,于吃饭做事之外,坐下来读的,也以小说为最多。这是我和西洋小说发生关系以来的大概情形。在高等学校的神经病时代,说不定也因为读俄国小说过多,致受了一点坏的影响"①。这种东西方文化兼容的文化背景使郁达夫的小说创作既具有"创造社"作家的共同审美倾向:注重自我主观抒情,恣意宣泄内心被压抑的情感,直接呈现精神世界的细微波动,甚至是有些扭曲、变态的心理也毫不掩盖。又能够把这种主观情绪寻找到现实社会的对应物,使中国社会的动荡不安、国家的屡弱衰败、个体命运的曲折悲惨与内心世界构成一幅完整的五四知识分子精神图谱。作为五四时期文学"创造社"的创始人之一,郁达夫在实践文学创作的同时,先后编辑《创造季刊》《创造周报》《中华新报·创造日》等文学刊物,并先后在北京大学、武昌师范大学、广州中山大学执教。郁达夫的小说创作及其一系列与文学相关的社会实践活动,对中国现代文学的多维化发展和以文学参与中国社会现代化进程的功能化实践做出了重要贡献。正如胡愈之对郁达

---

① 郁达夫:《五六年来创作生活的回顾——〈过去集〉代序》,载《郁达夫文集》第 7 卷,花城出版社、生活·读书·新知三联书店香港分店 1983 年版,第 178 页。

夫的评价,"在中国文学史上,将永远铭刻着郁达夫的名字,在中国人民反法西斯战争的纪念碑上,也将永远铭刻着郁达夫烈士的名字"①。郁达夫作为"创造社"的开创者和代表作家,他的文学风格和审美特征在感伤情调的流行、自我主体情感的暴露、"零余"者形象构建等方面拓展了中国现代文学的多面性。

郁达夫从1920年开始创作小说,1921年出版了第一部小说集《沉沦》,收录了《银灰色的死》《沉沦》《南迁》3部小说。《沉沦》的出版在当时引起了巨大的反响和争议,作为创造社的第一部小说集,"郁达夫的《沉沦》是五四新文学运动以来的第一部小说集,他不仅在出世年月上是第一,他那种惊人的取材和大胆的描写,就是一年后的今年,也还不能不说是第一"②。作为郁达夫早期作品的辑录,主要讲述了"我"在日本留学期间的生活经历,作品在整体上呈现出一种压抑的灰色调,作品中流动着苦闷、抑郁、屈辱、悲愤、绝望的主观情绪,在某种意义上可以看作是郁达夫的自序传,正如郁达夫自己所言:"文学作品,都是作家的自叙传。"③

---

① 胡愈之:《郁达夫的流亡和失踪》,香港咫园书屋1946年版,第35页。
② 成仿吾:《〈沉沦〉的评论》,《创造》季刊1923年第1卷第4期。
③ 郁达夫:《五六年来创作生活的回顾——〈过去集〉代序》,载《郁达夫文集》第7卷,花城出版社、生活·读书·新知三联书店香港分店1983年版,第178页。

第二章 中国现代文学的生成

《沉沦》是郁达夫早期最具代表性的小说，小说讲述了一个中国留学生在日本留学期间的种种经历。小说中的"我"作为一名中国留学生，先天的带有一种身份的"原罪"，中国的孱弱和衰退，以及日本在东亚国家中的强势崛起使主人公感受到一种内在的无法摆脱和祛除的耻辱。"是在日本，我早就觉悟到了今后中国的运命，与夫四万万五千万同胞不得不受的炼狱的历程。而国际地位不平等的反应，弱国民族所受的侮辱与欺凌，感觉得最深切而亦最难忍受的地方，是在男女两性，正中了爱神毒箭的一刹那。支那或支那人的这一个名词，在东邻的日本民族，尤其是妙年少女的口里被说出的时候，听取者的脑里心里，会起怎么样的一种被侮辱，绝望，悲愤，隐痛的混合作用，是没有到过日本的中国同胞，绝对地想象不出来的。"[1] 这大概也是当时很多留日学生共同的感受，是郁达夫的小说创作偏向阴郁的风格的由来。小说主人公日本留学的经历一直伴随着个体的苦闷、压抑和悲愤，这种内在情绪又无法得到释放和缓解，只能在偷窥和宿妓的变态行为中获得短暂的精神愉悦和释放，但释放之后又更加重了屈辱感。由此，更希望祖国能够富强起来，以此彻底颠覆主人公的社会身份，求得

---

[1] 郁达夫：《雪夜》，载《郁达夫文集》第 4 卷，花城出版社、生活·读书·新知三联书店香港分店 1983 年版，第 93—95 页。

自我认同。但这在当时中国的现实环境与国际背景下，终究只能是一种奢望，最终主人公走向大海，溺水身亡。虽然《沉沦》可以说是郁达夫的"自叙传"，"沉沦虽然用的是他叙法，实在是露骨的自传。作者家庭和教育背景几乎是一样的，故事说来头头是道。这样说来郁达夫的全部小说都是自叙式的自白，例外很少"①。但《沉沦》中的主人公并不仅仅是一个个案和特例，他表征了五四时期一部分接受了现代思想，开始以现代性视阈审视中国，却又无力为中国社会的现代性进程提供出路和可能性的知识分子的苦闷和命运，这些知识分子的主体精神中裹挟着某种病态因素，但这种病态因素又生成了某种进步性的力量，"在消沉的表象下隐伏着积极进取的本质因素"②。郁达夫通过《沉沦》将这部分知识分子真实的生活状态和内心世界袒露出来，表达他们的情感诉求，进而对中国封建传统文化和帝国主义压迫进行批判，希望通过小说参与到中国社会改革之中，使沉睡中的中国青年能够觉醒，从而引起国人的集体共鸣。"他的清新的笔调，在中国的枯槁的社会里面好像吹来了一股春风，立刻吹醒了当时的无数青年的心。他那大胆的自我暴露对于深藏在千年万年的背甲里面的士大夫的虚

---

① [美]夏志清：《中国现代小说史》，刘绍铭译，香港中文大学出版社2001年版，第90页。

② 许子东：《郁达夫新论》，浙江文艺出版社1984年版，第166页。

伪完全是一种暴风雨式的闪击,把一些假道学假才子们震惊得至于狂怒了。为什么?就因为有这样露骨的真率,使他们感受着作假的困难。"①正因为如此,《沉沦》在青年当中成为畅销书,发行量达到3万余册,成为中国现代文学史上的一种现象和话题,小说的结尾也成为五四知识分子精神侧面的一个隐喻:"祖国呀祖国!我的死是你害我的!你快富起来,强起来吧!你还有许多儿女在那里受苦呢!"

1922年7月,郁达夫从日本回国以后,生活陷入困顿,先后在北京、武昌、广州等地执教,加之中国工人运动的兴起,郁达夫将创作视阈从"自叙传"式的自怨自艾转向对底层民众的深入勘察。先后发表了《文学上的阶级斗争》《给一个文学青年的公开状》两篇文章表明这种文学观念的转变,"二十世纪的文学上的阶级斗争,几乎要同社会实际的阶级斗争,取一致的行动了",号召中国青年集体反抗一切压迫和奴役,并创作了《茑萝行》《春风沉醉的晚上》《薄奠》《青烟》《采石矶》等小说。

《春风沉醉的晚上》讲述了终日为生计奔波、穷苦潦倒,以卖文为生的"我"与纯洁善良、性格坚韧、勤奋顽强的烟

---

① 郭沫若:《论郁达夫》,载《沫若文集》第12卷,人民文学出版社1959年版,第547页。

厂女工陈二妹的交往过程,通过"我"与陈二妹的形象对比,批判了知识分子的"灰色生活",赞美了底层民众的善良和美好。《薄奠》描写一个底层人力车夫的悲惨生活,原本只想通过自己诚实劳动来换取生活资本的人力车夫却始终无法从剥削阶级的牢笼中挣脱出来,虽然拼命拉车,但仍旧无法爬出困顿生活的阴影,在资本主义和封建主义的双重压迫下不见天日。而"我"却无力拯救这样善良而卑微的生命,只能在其死后,以纸糊的人力车来祭奠,以此完成车夫生前买车的愿望,并完成一次对罪恶社会的控诉。《微雪的早晨》讲述了一个青年为了争取婚姻自由和个性解放而精神失常的故事,军阀混战、社会动荡、封建势力僵而不死、封建家族制度对人性的压抑共同谋害了青年人生。《茑萝行》则以夫妻书信的形式,表述了穷困潦倒的知识分子生活的艰辛和精神的迷茫,展现了特定时代中国人生活的困苦和精神的痛楚。

1926—1928年,郁达夫的文学创作经历了一次比较明显的震荡期,中国社会的急速变化,各种革命思潮和政治运动的交替出现,使郁达夫感到迷惘和困惑,无法确定自己文学创作的方向。同时,与"创造社"其他成员在文艺观上产生分歧,并宣布退出"创造社"。1928年,郁达夫的文艺观念倾向于农民文艺和大众文艺,对无产阶级革命文学持保留态度,郁达夫认为文学与阶级出身密切相关,无产阶级革命文学只能从无产

第二章 中国现代文学的生成

阶级作家内部产生,深受资产阶级文学影响的作家无法写出切合革命需求的文学。虽然,郁达夫加入了"左联",创作了《她是一个弱女子》这样批判军阀压迫、日帝暴行,鼓动青年发动革命的小说,但小说仍带有鲜明的"自叙传"色彩,表现"零余者"形象。这一时期,郁达夫还创作出了《迟桂花》《迟暮》《瓢儿和尚》等优秀小说,虽然在主题上与革命文学相距甚远,但在审美艺术上却达到一个高峰。小说《迟桂花》是一篇典型的东方隐喻式小说,其中暗藏了某种无法说透又隽永绵长的哲学韵味。青年翁则生在日本留学期间,因为劳累过度进而精神抑郁,一度走到了自杀边缘,"我"则以"共赏月"为由,与其彻夜长谈,消除了翁则生的自杀企图。然而,翁则生又患上严重的肺结核病,在被"我"接回东京后,翁则生返回中国,并遁入山林,过起了隐居生活。十多年后,翁则生神奇地恢复了健康,翁则生邀请我参加他自己的婚礼,"我"和翁则生的这种生死之交,在二者随性而谈、机智幽默、乐观豁达、率真自然的谈话中彰显出来,"我"则从翁则生和翁莲的生活方式、人生理念及性情上得到生命的顿悟,翁莲的活泼、率真、纯洁、明净形成了一种天然的美,这种美像桂花一样清新而缠绵、淳朴而浓厚,可以洗涤人的罪恶,净化人的心灵,"那初开的桂花,真是年方十八的桂家女。跟所有不经事的少女一样,她是羞涩的。打懂事起,她就喜欢躲在那间竹帘半卷的阁楼里,轻易不肯抛头露面,好奇的时候,只透过竹帘的间隙看看窗外发生的新鲜事儿。她的窗口总有一种淡淡的香气,小伙子们经过时,都会忍不住驻足,而这个时候她就会慌里慌张的拉上窗帘。她是那样的羞涩的,但那股淡淡的香气却按捺不住地透过帘子溢出来"①。郁达夫的最后一篇小说是写于1935年的《出奔》,讲述了一个青年堕落—觉醒—革命的人生历程,批判了地主阶级的自私、险恶、残酷的阶级本性。小说在艺术上没有大的突破,但在主题上逐渐向描写阶级斗争转向。

除了小说创作,郁达夫还创作了一定数量的散文、随笔,"充分的表现了一个富有才情的智识分子,在动乱的社会里的苦闷心怀"②,《断残集》多针砭时事、讽刺时政,《屐痕处处》则写景状物、寄情山水,此外夹杂在杂文与散文中的旧体诗凸显了郁达夫的古典文学修养,例如《西游日录》里有"宿禅源寺"一诗:"二月春寒雪满山,高峰遥望皖东关。西来两宿禅源寺,为恋林间水一湾。"郁达夫的文学创作与中国现代文学史同步发展,中国现代文学史的重要阶段和重要文学思潮都有

---

① 郁达夫:《迟桂花》,载《郁达夫文集》第2卷,花城出版社、生活·读书·新知三联书店香港分店1983年版,第318页。
② 阿英:《郁达夫小品序》,载《现代十六家小品》,光明书局1935年3月版,第345页。

他的参与,从五四初期的苦闷彷徨到关注底层民众疾苦,以及对无产阶级革命的讲述都印证了郁达夫在中国现代文学史的独特存在,"他永远忠实于'五四',没有背叛过'五四'"①。

除了郁达夫,"创造社"其他作家的小说创作也具有一定的特色。郑伯奇的小说创作数量有限,大多收录在《抗争》中,短篇《最初之课》讲述了一位日本留学生在日本课堂上的内心屈辱和悲愤,通过对贫弱中国饱受屈辱的生活境遇的描写,激发青年的爱国热情;成仿吾的文学理论批评为五四新文化运动的文学理论构建做出了重要贡献,与文学批评相比较,成仿吾的小说创作略显单薄,大多收录在《流浪》中,讲求浪漫主义情调的营造和渲染,"在作品风格上,他又感受着象征派、新罗曼派的魅惑"②;陶晶孙创作了《木犀》《音乐会小曲》等诗意化、散文化小说;张资平擅于描写男女情爱,带有一定的人道主义色彩,长篇小说《冲积期的化石》产生了一定影响;冯沅君在青年读者当中产生了共鸣,《隔绝》《旅行》《隔绝之后》等小说以青年反抗封建婚姻,追求个性解放为主题和内容;倪贻德的《玄武湖之秋》《东海之滨》《百合集》等小说集与郁达夫的创作类似,带有鲜明的"自叙传"

---

① 胡愈之:《郁达夫的流亡和失踪》,香港咫园书屋1946年版,第33页。
② 郑伯奇:《中国新文学大系·小说三集导言》,载《郑伯奇文集》,陕西人民出版社1988年版。

色彩，渗透了浓重的悲苦意味；周全平的小说集《烦恼的网》《梦里的微笑》《苦笑》《楼头的烦恼》对社会现实表现出深度的关注。

第四节　郭沫若：个性狂飙与新诗构建

郭沫若（1892—1978），出生于四川省乐山县沙湾镇，学名开贞，号尚武。郭沫若少年时期的阅读经验主要集中在中国传统文学领域，《诗经》《唐诗三百首》《千家诗》《诗品》《庄子》《楚辞》《史记》《文选》《尚书》《周礼》《古文观止》等古典文学经典，并对郭沫若的文艺观产生了重要影响，"关于诗的见解大体上还是受着它的影响"[1]。同时受民主思潮的影响，阅读了梁启超、章太炎等人的政论文章和林纾翻译的外国文学作品，初步接触到西方现代文化思潮和民主思想。1913—1918年，郭沫若远渡日本留学，在此期间，大量阅读了雪莱、拜伦、泰戈尔、歌德、海涅、惠特曼、华兹华斯等西方浪漫主义作家的作品，又十分关注康德、克罗齐、尼采、柏格森、弗洛依德等西方现代主义、表现主义和象征主义哲学，

---

[1] 郭沫若：《序我的诗》，载《郭沫若全集》第19卷，人民文学出版社1992年版，第404页。

尤其是对柏格森的"生命哲学"、斯宾诺莎的"泛神论"和尼采的"超人哲学"具有浓厚兴趣。"我开始做诗剧，便是受了歌德的影响……助成这个影响的，不消说，也还有当时流行的新罗曼派和德国新起的所谓表现派。特别是表现派的那种支离灭裂的表现，在我的支离灭裂的头脑里，的确得到了它的最适宜的培养基。"①

五四新文化运动的兴起和发展激发了郭沫若的文学创作冲动，通过文学改造中国社会，启发民智成为他文学创作的原始起点。创作于1919年2月的小说《牧羊哀话》，控诉了殖民者对朝鲜人民的侵略和迫害。与此同时，郭沫若的新诗开始陆续在《时事新报》的副刊《学灯》上发表；从1919年下半年起，郭沫若的诗歌创作集中爆发，《凤凰涅槃》《晨安》《地球，我的母亲！》《匪徒颂》等诗歌陆续刊发，并产生了强烈反响，奠定了郭沫若在五四新诗中的地位。1921年《女神》的出版更是将郭沫若推向了五四新诗的顶峰，《女神》所散发出来的极致的想象力、汪洋肆意的浪漫情怀、热情奔放的生命力、个性鲜明的反叛精神为五四新诗打上了深深的烙印。1921年7月，郭沫若和郁达夫、成仿吾等人创建了文学"创造社"，"创造

---

① 郭沫若：《学生时代》，载《郭沫若全集》第12卷，人民文学出版社1992年版，第77页。

社"的文学创作及其文艺理论主张对中国现代文学的多维度发展做出了重要贡献。1922年下半年，随着五四新文化运动由高峰逐渐走向低谷，郭沫若感到一种精神苦闷，这一时期的诗歌创作也从激越转向消沉，诗集《星空》完整地展现了郭沫若的精神转向轨迹。1923年，郭沫若将文学活动重心集中在编辑和出版期刊上，与"创造社"其他作家相继创办了《创造》季刊、《创造周报》《创造日》等文学报刊，在此过程中郭沫若的文艺观念开始转变，萌发出无产阶级文学倾向，"唯物史观的见解"是"解决世局的唯一的道路"[1]，"世界不到经济制度改革之后，一切什么梵的现实，我的尊严，爱的福音，只可以作为有闲阶级的吗啡、椰子酒"[2]，而诗集《前茅》契合了郭沫若的这种思想趋向；1924年"创造社"内部分歧所导致的社团解散，让郭沫若感到苦闷，他选择了东渡日本躲避纷争，在此期间阅读了马克思主义著作《社会组织与社会革命》，受到启发。"我从前只是茫然地对于个人资本主义怀着憎恨，对于社会革命怀着信心，如今更得到理性的背光，而不是一味的感情作用了。这书的译出在我的一生中形成了一个转换时期，把我从半眠状态里唤醒了的是它，把我从歧路的彷徨里引出了

---

[1] 郭沫若：《我们的文学新运动》，《创造周报》1923年第3号。
[2] 郭沫若：《太戈尔来华的我见》，《创造周报》1923年第23号。

第二章 中国现代文学的生成

的是它,把我从死的暗影里救出了的是它,我对于作者非常感谢,我对于马克思、列宁非常感谢"①,马克思主义思想的社会影响与启蒙意义,加之中国社会的动荡不安、民生凋敝的社会状态,促使郭沫若逐渐转向了无产阶级文学的创作。1925年"五卅运动"的发生使中国阶级斗争白热化,在这种情境下郭沫若开始放弃文学创作初期所秉持的个性主义、自由主义和反叛主义,"我从前是尊重个性、景仰自由的人,但是最近一两年之内与水平线下的悲惨社会略略的有所接触,觉得在大多数人完全不自主地失掉了自由,失掉了个性的时代,有少数的人要来主张个性,主张自由,总不免有几分僭妄"②,并发表了《穷汉的穷谈》《共产与共管》《新国家的创造》等对无产阶级革命思想和阶级观念认同并推崇的文章,创作了具有反帝思想的历史剧《聂嫈》;1926年郭沫若发表了《革命与文学》《文学家的觉悟》等文章,进一步向无产阶级文学靠拢,"我们现在所需要的文艺是站在第四阶级说话的文艺,这种文艺在形式上是写实主义的,在内容上是社会主义的"③;从无产阶级的立场出发,郭沫若的文艺创作,与当时的社会现状及无产阶级大

---

① 郭沫若:《孤鸿——致成仿吾的一封信》,《创造月刊》1926年第1卷第2期。
② 郭沫若:《〈文艺论集〉·序》,《洪水》1925年第1卷第7期。
③ 郭沫若:《文学家的觉悟》,载《创作社资料》,福建人民文学出版社1985年版,上册,第122页。

众的底层生活建立了密切联系。1927年郭沫若参加北伐战争，发表了《请看今日之蒋介石》，揭露蒋介石的虚伪革命面目；参加了"八一"南昌起义，起义失败后，郭沫若创作了诗集《恢复》，抨击和鞭挞蒋介石对革命党人的残暴屠杀；1928年8月，郭沫若流亡日本十年，在此期间创作了《我的童年》《反正前后》《创造十年》《北伐途次》等作品；抗日战争爆发后，郭沫若从日本回国，直接参加抗日救亡斗争，以文学创作参与国家救亡，创作了《屈原》《虎符》等历史剧，在社会上产生了强烈共鸣；中华人民共和国成立后担任共和国政府多种职务，1978年逝世。

1921年8月，郭沫若出版诗集《女神》，《女神》作为五四新诗的典范性标志，在诗歌语言和诗歌形式上对中国现代诗歌的发展起到了至关重要的作用，为五四新诗的延伸和拓展开辟了新的路径和空间。作为五四新诗的经典性作品，《女神》在内在气质和精神指向上与五四新文化运动具有内在的一致性，五四新文化运动所展现出来的青春、激情、叛逆、激越、昂扬、进取的时代精神被郭沫若全盘灌注到《女神》之中，在其中得到了集中的弘扬和体现。它所展现出来的精神和气质，也恰恰与五四新文化运动的追求相趋同。"五四以后的中国，在我的心目中就像一位很葱俊的有进取气象的姑娘，她简直就和我的爱人一样。我的那篇《凤凰涅槃》便是象征着中国的再生。'眷念祖国的情绪'的《炉中煤》便是我对于她的恋歌。《晨安》和《匪徒颂》都是对于她的颂词。……在五四以后的国内青年,大家感受着知识欲的驱迫,都争先恐后地跑向外国去的时候,我处在国外的人却苦于知识的桎梏想自由解脱,跑回国去投进我爱人的怀里。"①《女神》中的绝大部分的诗歌都具有这种共同的主题和诉求:在五四运动的大时代的框架内,彰显追求自由、民主,提倡个性解放,反对封建文化专制,改造社会积习,构建现代化的新中国和现代性的自我,以诗歌为媒介参与到中国社会的现代化进程中,"要打破一切自然的樊篱,传统的樊篱,在五百万重的枷锁中解放出我们纯粹的自我!艺术是我们自我的表现"②。

《女神》中这种展现五四时代超越传统,打破成规,重构社会,重建自我的信心和决心,在诗歌中强烈地迸发出来,气吞山河、汹涌澎湃的气势凝练成一种时代精神、宏大的抱负和个体理想。

  梅花!梅花!
  我赞美你!我赞美你!

---

① 郭沫若:《创造十年》,载《沫若文集》第7卷,人民文学出版社1958年版,第64—65页。
② 郭沫若:《印象与表现》,《时事新报》副刊《艺术》1923年第33期。

你从你自我当中

吐露出清淡的天香，

开放出窈窕的好花。

花呀！爱呀！

宇宙的精髓呀！

生命的泉水呀！

假使春天没有花，

人生没有爱，

到底成了个什么世界？

梅花呀！梅花呀！

我赞美你！

我赞美我自己！

我赞美这自我表现的全宇宙的本体！

还有什么你？

还有什么我？

还有什么古人？

还有什么异邦的名所？

一切的偶像都在我面前毁破！[①]

[①] 郭沫若：《梅花树下醉歌》，载《郭沫若全集》（文学编）第1卷，人民文学出版社1982年版，第95页。

第二章　中国现代文学的生成

在诗集《女神》中的"凤凰涅槃"最鲜明和集中地体现了五四时代的反叛精神和重建意识,体现了郭沫若在本时期的精神指向和思想轨迹。"凤凰涅槃"以中国传统文化中的凤凰浴火重生为象征,借助凤凰"集香木自焚,复从死灰中更生"的故事隐喻传统中国的再生以及个体自我的重建。在除夕将近的时候,凤凰栖息的梧桐树已经枯萎,凤凰所饮用的山泉水也枯竭,整个世界都被"冰天"与"寒风"所笼罩,凤凰失去了生存的基础,一对凤凰毅然走向死亡,亲自为自己举行火葬。在结束自己的生命之前,它们进行生命中最后一次表演,它们哀鸣、起舞、展翅、回旋,凤鸟"即即"而鸣,凰鸟"足足"相应。它们以这种方式宣泄自己对黑暗现实的不满,对残酷社会的哀怨,以及对自我新生的期盼,现实社会在它们眼中成为"屠场""囚牢""坟墓"和"地狱",并失去了存在的合理性和合法性。从它们悲情的诉说中,封建中国的封闭、腐朽、肮脏、衰败及人们遭受的苦难被隐喻性地表达出来。在中国黑暗而漫长的封建历史中沉淀下来的是,"流不尽的眼泪,洗不尽的污浊,浇不息的情炎,荡不去的羞辱",人们无法体会到"新鲜""甘美""光华"和"欢爱"的生命感觉,留下的只是老态龙钟的身躯和幽灵般阴鸷的眼神,所以,它们唯一的出路是重建自我和社会:

一切的一,悠久。

一的一切,悠久。

悠久便是你,悠久便是我。

悠久便是他,悠久便是火。

火便是你。

火便是我。

火便是他。

火便是火。

翱翔!翱翔!

欢唱!欢唱!

宇宙呀,宇宙,

我要努力地把你诅咒:

你脓血污秽着的屠场呀!

你悲哀充塞着的囚牢呀!

你群鬼叫号着的坟墓呀!

你群魔跳梁着的地狱呀!

你到底为什么存在?

我们飞向西方,

西方同是一座屠场。

我们飞向东方,

东方同是一座囚牢。

第二章 中国现代文学的生成

> 我们飞向南方,
>
> 南方同是一座坟墓。
>
> 我们飞向北方,
>
> 北方同是一座地狱。
>
> 我们生在这样个世界当中。
>
> 只好学着海洋哀哭。
>
> 让我们再听听凤凰更生时欢乐的和鸣——我们生动,我们自由,我们雄浑,我们悠久。[1]

在宣泄自己对现实社会的不满情绪的同时,郭沫若把这种个体体验上升到民族和人民的高度,民族的苦难和人民的屈辱成为凤凰自我牺牲和自我再造的唯一理由,整篇诗歌笼罩着浓浓的悲情和壮烈,一场大火焚烧的不仅仅是凤凰本身,更是中国社会和诗人自我。"把现有的形骸烧毁了去……再生出个'我'来。"[2]《女神》中的多首诗歌都蕴含着郭沫若的这种精神情绪和思想寄托,饱含着对五四时代的赞美。《晨安》和《匪徒颂》两首诗歌爆发出强烈的革新一切的气势,《晨安》中诗人接连排列出27个"晨安",向世界上一切新鲜、美好,

---

[1] 郭沫若:《凤凰涅槃》,《时事新报·学灯》1920年1月。

[2] 宗白华、田汉、郭沫若:《三叶集》,上海书店出版社1982年版,第11页。

充满生命活力的事物致敬。《匪徒颂》则是诗人为了改变中国青年在日本人心目中的"学匪"形象而作,对"匪徒"所具有的叛逆精神和反抗行为表示认同和礼赞。《炉中煤》表述了诗人对中华民族的热切眷恋,诗人以正在炉中燃烧的煤自喻,以"年青的女郎"象征祖国,以一个燃烧而炽热的心怀去拥抱"年青的女郎",以自身的牺牲来换取祖国的新变和新生。为了表现诗人的这种情感,《女神》塑造了一系列反叛而又充满蓬勃生命力的自我形象,并对这种自我形象给以肯定。《女神》中的自我形象具有多副面孔,《天狗》《我是个偶像崇拜者》《金字塔》《梅花树下醉歌》等塑造了一种肆意而为、气势雄浑、可吞日月的神话般的自我,"我""是全宇宙的能底总量""如烈火一样地燃烧""如大海一样地狂叫""如电气一样地飞跑";同时,"我"又是破坏一切、打破一切封建专制的英雄人物,"我又是个偶像破坏者哟""可与神祇比伍"的"雄伟的巨制","便是天上的太阳也在向我低头";在此基础上"我"并非一个单独的个体,而是一个复合体,与世界的本体,与"全宇宙的本体"融合起来,"我赞美这自我表现的全宇宙的本体",与中华民族结合起来,与五四时代结合起来,与中国青年结合起来:"我们便是'他',他们便是我!我中也有你,你中也有我!"

　　《女神》除了关注自我的新生和祖国的新变之外,对底层民众的关注也是一个重要向度。在《地球,我的母亲!》中,诗人将"田地里的农人"比喻为"全人类的保母",把"炭坑里的工人"比喻为"全人类的普罗美修士"。在《西湖纪游》中,诗人更是表达了知识分子对农民的敬仰和尊重,甚至在农民面前卑躬屈膝,"把他脚上的黄泥舔个干净"。而对自然世界的迷恋和赞颂又使《女神》蕴含了多种哲学意味,人与自然融合在一起,自然具有人的生命感知,而人作为自然的一部分又具有自然界的能量和气势。在《光海》《心灯》《太阳礼赞》《晴朝》《西湖纪游》等诗篇中,"雄壮的飞鹰""波涛汹涌着"的大海,"新生的太阳""天海中的云岛""池上几株新柳,柳下一座长亭""醉红的新叶,青嫩的草藤,高标的林树"都成为诗人歌咏的对象。

继《女神》之后,1923年郭沫若出版了诗集《星空》,与诗集《女神》所展现出来的极致的个性主义、浪漫主义和超拔的想象力不同,《星空》暗藏的是个体精神世界的挣扎、矛盾、对峙、各种复杂的情绪纠缠在一起,这种精神状态与五四退潮时期一部分知识分子的彷徨、迷茫、低沉的心绪高度契合。在《献诗》中,诗人将自己比喻为"带了箭的雁鹅""受了伤的勇士",希望能够在"闪闪的幽光"中得到"安慰",但是星空也闪烁着"鲜红的血痕"和暗藏着"沉深的苦闷",《南风》《孤竹君之二子》《洪水时代》等诗篇延续了这种情绪。1928年，郭沫若出版诗集《前茅》，诗集中有着明显的无产阶级革命文学的色彩，《星空》中的苦闷、彷徨、犹疑被革命激情所取代，无产阶级革命成为一代人的期盼和向往。把建立新中国的希望寄托在像"俄罗斯无产专政一样，把一切的陈根旧蒂和盘推翻，另外在人类史上吐放一片新光"①的革命上。在《黄河与扬子江对话》《上海的清晨》《前进曲》《我们在赤光之中相见》《太阳没了》等诗篇中，他要同"世上一切的工农"一起，"把人们救出苦境""使新的世界诞生"。

1925年的诗集《瓶》是掺杂了感伤情绪和革命浪漫主义的爱情诗集；1928年的诗集《恢复》则表述了自己经历革命失败后更加坚信革命道路的情感历程。《我想起了陈涉吴广》《黄河与扬子江对话（第二）》《娥媚山上的白雪》《巫峡的回忆》《如火如荼的恐怖》《恢复·电车复了工》《战取》等诗篇昂扬着一种革命战斗精神，"与早年的《女神》相比，诗人经过实际斗争的磨练，诗风也转向更为质朴和凝练"②。

郭沫若不仅在诗歌创作方面取得了很大成就，在历史剧创作上也为五四新文化运动贡献了重大成果。以"借古人的皮毛，

---

① 郭沫若：《黄河和扬子江》，载《郭沫若全集》（文学编）第1卷，人民文学出版社1982年版，第314页。

② 严家炎主编：《二十世纪中国文学史》，高等教育出版社2010年版，第179页。

说自己的话"[1]的方式发挥了文学参与社会事件的效能。《聂嫈》《王昭君》《卓文君》《虎符》《屈原》《棠棣之花》《高渐离》《南冠草》《孔雀胆》等历史剧按照"先欲制今而后借鉴于古"[2],表达郭沫若的无产阶级革命思想,把历史剧的时代性、现实性与政治性作为故事叙事的核心指向,并在其中注入了主观性与抒情性,从而使"戏剧与诗达到了和谐的统一"[3]。

第五节　徐志摩：性灵飘洒与新诗格律化

20世纪20年代中期,"新月社"主要成员闻一多、徐志摩、刘梦苇、饶孟侃、朱湘、孙大雨等人针对五四初期白话诗的浅显、直白、通俗、在艺术审美上略显苍白等缺点,提倡五四新诗的艺术化与格律化,他们认为"自然中有美的时候,是自然类似艺术的时候""艺术虽不是为人生的,人生却正是为艺术的",倡导"反写实运动",将写实与诗歌艺术放在对立的位置上,"绝对的写实主义便是艺术的破产",如果想构

---

[1] 郭沫若:《孤竹君之二子·幕前序话》,载《郭沫若全集》(文学编)第1卷,人民文学出版社1982年版,第238页。

[2] 郭沫若:《从典型说起》,载《郭沫若论创作》,上海文艺出版社1983年版,第543页。

[3] 钱理群、温儒敏、吴福辉:《中国现代文学三十年》,北京大学出版社1998年版,第134页。

建一种"纯粹的艺术",文艺就要"解脱自然的桎梏",而必须在艺术格律的框架内进行,"乐意戴着脚镣跳舞"。中国的诗词创作自《诗经》以来,就一直讲求格律和韵味,几千年的传承,自然而然地形成了一个基本的范式。按照这种艺术思维和逻辑,"新月派"诗人积极提倡格律诗,主张诗要有音乐美、绘画美、建筑美的审美特性,"一首诗的秘密也就是它的内含的音节的匀整与流动",并相继发表了闻一多的《诗的格律》、饶孟侃的《新诗的音节》《再论新诗的音节》《情绪与格律》等诗歌理论与批评的文章。尤其是闻一多的诗歌格律化理论对五四新诗创作产生了重要影响。闻一多在《新诗的格律》中明确了律诗与新诗之间的差异:"诚然,律诗也是具有建筑美的一种格式;但是同新诗里的建筑美的可能性比起来,可差得多了。律诗永远只有一个格式,但是新诗的格式是层出不穷的。这是律诗与新诗不同的第一点""律诗的格律与内容不发生关系,新诗的格式是根据内容的精神制造成的。这是它们不同的第二点""律诗的格式是别人替我们定的,新诗的格式可以由我们自己的意匠来随时构造。这是它们不同的第三点。有了这三个不同之点,我们应该知道新诗的这种格式是复古还是创新,是进步还是退化。"[①] 在"新月派"诗人中徐

---

① 闻一多:《诗的格律》,《晨报·诗镌》1926年第7号。

志摩的诗歌创作最具代表性,以诗歌创作实践了"新月派"新诗格律化的主张。

徐志摩(1897—1931),字槱森,浙江海宁人,出生于家境优越的富商家庭,在美留学期间改字为志摩。1918—1921年,在美国克拉克大学和英国剑桥大学留学,在留美期间徐志摩对诗歌并没有保持足够的关注,"说到我自己的写诗,那是再没有更意外的事了。我查过我的家谱,从永乐以来我们家里没有写过一行可供传诵的诗句。在二十四岁以前我对于诗的兴味远不如对于相对论或民约论的兴味。我父亲送我出洋留学是要我将来进'金融界'的,我自己最高的野心是想做一个中国的 Hamilton!在二十四岁以前,诗,不论新旧,于我是完全没有相干。我这样一个人如果真会成为一个诗人——哪还有什么话说"[1],但剑桥的留学生活对徐志摩的诗歌创作道路产生了重要影响,"我的眼是康桥教我睁的,我的求知欲是康桥给我拨动的,我的自我意识是康桥给我胚胎的"[2]。徐志摩无论是生活方式还是诗歌创作都明显具有贵族化、自由化、个性化、唯美化倾向,这种人生态度和审美意识与剑桥生活密不可

---

[1] 徐志摩:《猛虎集·序文》,载《徐志摩全集》,天津人民出版社2005年版,第393页。

[2] 徐志摩:《吸烟与文化》,载《我所知道的康桥》,群众出版社2012年版,第150页。

分，受到英国浪漫主义诗人的影响也显而易见。徐志摩的诗歌创作主要集中在《志摩的诗》《翡冷翠的一夜》《猛虎集》《云游》4部文学集中。

《志摩的诗》收录了徐志摩前期的诗歌作品，整部诗集贯穿了徐志摩纯美、至爱、自由、个性、性灵的艺术诉求，"他的人生观真是一种'单纯信仰'，这里面只有三个大字：一个是爱，一个是自由，一个是美"①，在某种意义上对性灵的塑造和坚守，对自由天性的放任和彰显成为徐志摩诗歌生命力的核心。

假如我是一朵雪花，
　　翩翩的在半空里潇洒，
　　我一定认清我的方向——
　　飞飏，飞飏，飞飏——
　　这地面上有我的方向。
不去那冷寞的幽谷，
　　不去那凄清的山麓，
　　也不上荒街去惆怅——

---

① 胡适：《追悼志摩》，载《文人画像》，上海三联书店1996年版，第176页。

第二章　中国现代文学的生成

  飞飏，飞飏，飞飏——
   你看，我有我的方向！
在半空里娟娟地飞舞，
  认明了那清幽的住处，
   等着她来花园里探望——
  飞飏，飞飏，飞飏——
   啊，她身上有朱砂梅的清香！
那时我凭借我的身轻，
  盈盈地，沾住了她的衣襟，
   贴近她柔波似的心胸——
  消融，消融，消融——
   溶入了她柔波似的心胸。[①]

  按照"新月派"的"纯诗"理论，《雪花的快乐》是在"纯诗"的理论框架内完成的，在诗歌中，现实生活中的个体"我"被隐匿起来，"我"在诗歌中转化为一朵"雪花"，"我"与"雪花"融为一体，"我"的内心情绪和思想感情赋予"雪花"之上，赋予生命和个性之美及对另外一种美的追求。"雪花"在半空中"翩翩"的"潇洒"，"娟娟的飞舞"，

[①] 徐志摩：《雪花的快乐》，《现代评论》1925年第1卷第6期。

飘向"清幽的住处",遇见"花园"里的"她",并进入"她柔波似的心胸"。诗人对美好、纯洁、真挚爱情的期盼全部挪移到一朵具有生命、性灵和情感的"雪花"上,"雪花"在追寻美好爱情和情感皈依过程中,并没有一般情爱意义上的曲折、犹疑和低徊,而是充满了坚定、轻松和自由,在持续而悠长的飞扬中释放自己的自由、理想和梦想。如果我们把这首诗还原到具体时代背景中,我们发现这首诗歌与20世纪20年代喧嚣的五四新文化运动,以及内忧外患的中国社会拉开了相当大的距离,纷繁复杂的现实社会被诗人从诗歌中抽离出来,诗歌成为诗人坚守自己内心世界的高贵、清幽、自然、纯洁、自由的领地,诗歌中的"雪花"所追寻和依附的"她"是诗人这种情感的化身和幻象,"她"的神秘、高贵、典雅成为诗人心目中永恒的美,雪花的旋转、延宕和最终归宿高度契合了诗人对灵魂洁癖的坚守。这也成为他诗歌的起点和原点,成为徐志摩诗歌的写作模式。《我等候你》表达的是诗人对美好爱情的忠贞不渝和永恒坚守;在《"起造一座墙"》中诗人企图为自己建造一座能够隔绝现实生活的墙,从而使自己能够在诗歌中躲避现实而追寻自由;《沙扬娜拉》通过对日本女性娇柔而羞涩的神态描写,表达诗人对美好爱情的眷恋,对女性的尊重;《海韵》则描写了爱情与现实的对峙,以及诗人抛弃一切,奔向爱情的信心和坚定;在《翡冷翠的一夜》中诗人为

第二章 中国现代文学的生成

现实环境的恶化深感焦虑，为"娇嫩的花朵""难保不再遭风暴"而忧愁，这种情绪的低沉正是诗人对美好爱情的一种执着体验，他"是"一种痴鸟，"一种天教歌唱的鸟不到呕血不住口"①。在徐志摩的诗歌中，爱情不仅仅是传统意义上的男女之间的一种情感体验，她往往与自由、高贵、理想、美好等精神性词汇勾连在一起，对爱情的赞颂就是对纯粹个体和纯洁精神的灵魂指认。在《我有一个恋爱》《决断》《我来扬子江边买一把莲蓬》等诗歌中，爱情成为一个独特场域和公共空间，美好、自由、理想、个性等精神性要素在其中自由穿梭，相互替代、隐喻和象征，并演化为诗歌内在的情感和思想结构，艺术化地表现了徐志摩的"单纯信仰"，徐志摩的诗"是跳着溅着不舍昼夜的一道生命水。他尝试的体制最多，也译诗；最讲究用比喻——他让你觉得世上一切都是活泼的，鲜明的"②。

作为"新月派"的主要成员和诗歌格律化理论的构建者之一，徐志摩的诗歌非常重视诗歌的音乐美，讲究诗歌语言的韵律，运用各种韵脚营造出诗歌的节奏感，使整首诗歌保持

---

① 徐志摩：《猛虎集·序》，载《徐志摩全集》，天津人民出版社2005年版，第395页。
② 朱自清：《中国新文学大系·诗集导言》，上海良友图书公司1935年版，第7页。

"内含音节的匀整与流动"①。徐志摩的诗歌无论是表述独特的个体情绪,还是关注现实社会的疾苦,抑或是展现哲思玄想等,都经过诗人的仔细推敲和反复打磨,从而使诗歌语言精致而韵律十足,但这并不是单纯的语言游戏,而是内在心绪的外在语言体现,语言与情感相互指涉、互为表里。

> 难得,夜这般清静,
> 难得,炉火这般的温,
> 更是难得,无言的相对,
> 一双寂寞的灵魂!
> 也不必筹营,也不必评论,
> 更没有虚骄,猜意与嫌憎,
> 只静静的坐对着一炉火,
> 只静静的默数远巷的更。
> 喝一口白水,朋友,
> 滋润你干裂的口唇;
> 你添几块煤,朋友,
> 一炉的红焰感念你的殷勤。

---

① 参见徐志摩《诗刊放假》,载《徐志摩全集》第 6 卷,中央编译出版社 2014 年版。

第二章 中国现代文学的生成

> 在冰冷的冬夜,朋友,
> 人们方知珍重难得的炉薪;
> 在冰冷的世界,
> 方始凝结了少数同情的心!①

《难得》这首诗歌韵律轻柔而优雅,整首诗歌营造的气氛恬淡而舒缓,对友情的珍爱不是火山爆发般的激越和冲动,而是如涓涓细流般地流入你的内心,两个默默相守的灵魂无言相对而又彼此懂得。而《沪杭车中》的节奏韵律则走向另一种形态:"匆匆匆!催催催!一卷烟,一片山,几点云影,/一道水,一条桥,一支橹声,/一林松,一丛竹,红叶纷纷:/艳色的田野,艳色的秋景,/梦境似的分明,模糊,消隐,——催催催!是车轮还是光阴?/催老了秋容,催老了人生!"② 诗歌的节奏短而促、急而紧、快而尖,在这种语言节奏中一种时间的紧迫感被竖立起来,一种动态空间被构建起来,上海与杭州之间的空间距离在时间体验中弥合为一个整体,而这种弥合的前提是时间对空间的切割,时间割裂了空间,产生出这种弥合的美感,"匆匆匆!催催催!"所具有的韵律形成一种内在的

---

① 徐志摩:《难得》,载《志摩的诗》,人民文学出版社1983年版,第57页。
② 徐志摩:《沪杭道中》,《小说月报》1923年第14卷第11号。

紧张感，这种紧张感将原本宁静、和谐、优美的自然画卷分割为碎片，空间的整体感转换为一片、一点、一道、一条、一支、一林、一丛等缺乏连续性的空间碎片，同时人在其中也失去了沉静的心境，这正是现代性的独特人性体验："催老了秋容，催老了人生！"《雪花的快乐》的韵律比较和谐，富于音乐美，如诗人运用反复的手法连用3个"飞扬"而产生轻快的韵律。

徐志摩的诗歌不但具有音乐美，还具有绘画美，"要真心鉴赏文学，你就得对于绘画、音乐有相当的心灵的训练"[①]，徐志摩认为诗与画的共通之处在于在塑造艺术形象时都要求简洁、凝练，都要构图清晰、色彩鲜明。因此，徐志摩的诗具有很强的视觉效果，而这种视觉效果往往是通过色彩鲜明的诗歌意象来营造的。在《再别康桥》中诗人通过多彩的诗歌意象勾画了一幅充满迷人情调的画卷："轻轻的我走了，/正如我轻轻的来；/我轻轻的招手，/作别西天的云彩。/——那河畔的金柳，/是夕阳中的新娘；/波光里的艳影，/在我的心头荡漾。/——软泥上的青荇/油油的在水底招摇；/在康河的柔波里，/我甘心做一条水草！/——那榆荫下的一潭，/不是清泉，是天上虹；/揉碎在浮藻间，/沉淀着彩虹似的梦。/——寻梦？

[①] 《徐志摩全集》第3卷，天津人民出版社2005年版，第5页。

第二章　中国现代文学的生成

撑一支长篙，/向青草更青处漫溯；/满载一船星辉，/在星辉斑斓里放歌。/——但我不能放歌，/悄悄是别离的笙箫；/夏虫也为我沉默，/沉默是今晚的康桥！/——悄悄的我走了，/正如我悄悄的来；/我挥一挥衣袖，/不带走一片云彩。"诗人通过金柳、青荇、水草、天上虹、星辉、云彩等意象及色彩的涂抹，绘制了一幅优美的图景：在康桥岸边，金柳迎风起舞，艳影暧昧撩人，水波轻柔妩媚，云霞瑰丽奇崛，青荇招摇示意，潭水澄清明静，一叶扁舟轻拂而过，低沉的箫声诉说愁肠。这些意象或娇嫩，或淡雅，或精致，或乖巧，与诗人内心情绪融为一体，共同勾画出了一幅优美的画卷。

徐志摩的诗歌具有典型的建筑美，"要把创格的新诗当一件认真事情做""我们信我们自身灵里以及周遭空气里多的是要求投胎的思想的灵魂，我们的责任是替它们构造适当的躯壳，这就是诗文与各种美术的新格式与新音节的发现"[①]，在徐志摩的诗歌观念中，诗歌和建筑并不是两种相互隔绝的艺术形式，相反它具有相互融合的同一性。梳理徐志摩的诗歌，我们发现每首诗歌都有自己独特的格式，形成不同风格的建筑形式：方块体、双行体、轨道体、齿轮体、叠加体、复合体、散

---

① 《徐志摩全集》第2卷，天津人民出版社2005年版，第415页。

文体①等。例如,在《卑微》中,每节诗的首节和末节只有一行:

  卑微,卑微,卑微;
  风在吹
  无抵抗的残苇。

而《再不见雷峰》中每节的首行和末行之间为整齐排列和相互对应的两行:

  再不见雷峰,雷峰坍成了一座大荒冢,
  顶上有不少交抱的青葱;
  顶上有不少交抱的青葱,
  再不见雷峰,雷峰坍成了一座大荒冢。

而《为谁》中,每节的首行和末行之间为排列整齐和相互对应的多行:

  这几天秋风来得格外的尖厉:

---

① 陈静宇:《论徐志摩诗歌的建筑美》,《甘肃社会科学》2011 年第 4 期。

第二章 中国现代文学的生成

> 我怕看我们的庭院,
>
> 树叶伤鸟似的猛旋,
>
> 中着了无形的利箭———
>
> 没了,全没了:生命,颜色,美丽!

这种诗歌语句之间的排列组合方式给人以强烈的视觉冲击力和美感,把诗歌作为一种独特的"建筑材料",选取色彩明丽的意象,线条感突出的排列组合方式,富有现实质感的词汇,以丰富而巧妙的诗歌书写方式建构一种抽象的语言和画面,既体现出建筑的美,又不失诗句间的灵动与轻快。

在"新月派"中与徐志摩共同倡导诗歌格律化的闻一多在诗歌创作方面也具有鲜明特色。

闻一多(1899—1946),原名闻家骅,字友三,出生于湖北黄冈市浠水县一个传统知识分子家庭。闻一多的诗歌创作主要集中在《红烛》《死水》《奇迹》3部诗集中,闻一多诗歌的核心主旨是表达中国现代知识分子对祖国浓烈而真挚的眷恋,通篇洋溢着强烈的民族情感和爱国意识,洋溢着中国知识分子感时忧国的危机意识。面对祖国内忧外患、社会动荡、民不聊生的现实,闻一多陷入精神的苦闷和绝望之中,并由此迸发出惊天的呐喊:"我来了,我喊一声,迸着血泪,/这不是我的中华,不对,不对!"在极度失望的情绪中只能以"拳头搧着大地""追问青天，逼迫八面的风"，最后"呕出一颗心来，——在我心里！"① 这种对祖国爱的如此沉重而又激越的情感在《死水》中表现得淋漓尽致，通过对"恶之花"的赞美，以激越而愤慨的语言表现了诗人忧国忧民的情怀。除了爱国主义诗歌，闻一多的爱情诗也别具一格，他的爱情诗与徐志摩的爱情诗的柔美、清新、淡雅不同，深深浸润着一种凄凉和悲楚。大部分爱情诗被收录在《红烛》诗集中。除了诗歌创作，闻一多的诗歌理论为五四新诗格律化的诗歌理论构建奠定了坚实的基础，他所提出的诗歌"绘画美、建筑美与音乐美"丰富了五四新诗的发展路径和审美内涵，拓展了五四新诗的格局。在"新月派"中朱湘的诗歌创作也产生了很大的影响，出版了诗集《夏天》《草莽集》《永言集》《石门集》等，他的诗歌主要表现了青春的蓬勃气息、游子的思乡哀愁、知识分子的傲骨、对人生的哲学思考等方面的内容。

---

① 闻一多：《发现》，载《闻一多全集》第12卷，湖北人民出版社1993年版。

第三章 中国现代文学的发展

第一节 左翼文学与自由主义文学的双峰并立

与 20 世纪 20 年代的五四文学相比较而言，30 年代的文学思潮和发展趋向呈现出不同的面貌和轨迹，这一时期的文学经历了一次较大的分化与重组：五四时期提倡的"人的文学"和启蒙精神被延续和发展，在理论和创作实践方面取得了更大的成绩；与此同时，左翼文学随着无产阶级革命运动的深入而强势崛起；而京派、海派文学秉持着自由主义文学观念与左翼文学相对峙又相呼应。因此，30 年代的中国现代文学格局基本上由左翼文学、海派文学和京派文学共同构建。

实际上，左翼文学思潮的兴起并不是文学自身规划的路线或由于其自身的发展规律演变而来的结果，从本质上说它是无产阶级政治运动对文学的全面介入所致。在这种文化生态下，政治与文学发生了直接关联，文学成为政治的"载道"工具，承担了唤醒民众、宣传和鼓动人心的重要功能。虽然，这一时期的左翼文学过度强调了文学的政治宣传性和鼓动性，在某种程度上忽视了文学内在的审美性诉求，但仍对20世纪30年代的文学产生了深远影响。中国左翼文学的理论主张可以追溯到邓中夏、蒋光慈、沈雁冰、恽代英、瞿秋白、肖楚女等作家、政治家对文学与革命的关系的阐释上，他们在《新青年》季刊、《中国青年》周刊、《觉悟》等刊物上，发表了《贡献于新诗人之前》《无产阶级革命与文化》《论无产阶级艺术》《文学与革命》等文章，提倡文学为无产阶级革命服务，"倘若你希望做一个革命文学家，你第一件事是要投身于革命事业，培养你的革命情感"[①]。对于这样的文学创作而言，阶级立场与革命性是远大于个人情感表达的。而左翼文学理论的基本构架和主要观念的形成和确立是由后期"创造社"和"太阳社"提出来的。郭沫若、李初梨、成仿吾、蒋光慈等人接连发表了《英雄树》《怎样地建设革命文学》《从文学革命到革命文学》《关于革命文学》等一系列文章，对30年代的文坛影响巨大。这些文章主要集中批判了文学的小资产阶级情调和倾向，否定文学中的个人主义和个性主义，"把自己否定一

---

① 恽代英：《文学与革命》，《中国青年》1924年第31期。

遍""克服自己的小资产阶级的根性"①。同时，后期"创造社"和"太阳社"的左翼文学主张受到了苏联拉普、日本纳普和福本主义"左"倾文艺思潮的影响，他们否定文学自身的独立性，把文学作为政治的附属品，主张以文学传达政治意图。在这种理论思维的推动下，五四时期提倡的"人的文学""个性的文学""性灵的文学"就成为左翼文学批判的对象，鲁迅、茅盾、郁达夫、张资平等五四作家成为"社会变革中的落伍者"②。

1930年3月2日，中国左翼作家联盟在上海成立，冯乃超、华汉、沈端先、潘汉年、周全平、洪灵菲、戴平万、钱杏邨、鲁迅、冯雪峰、郑伯奇、田汉、蒋光慈、郁达夫、陶晶孙、李初梨、柔石等50余人成为"左联"的重要成员，并正式颁布了"左联"的理论纲领和行动纲领："我们的艺术不能不呈现给胜利'不然就死'的血腥斗争。艺术如果以人类之悲喜哀乐为内容，我们的艺术不能不以无产阶级在这黑暗的阶级社会之'中世纪'里面所感觉的感情为内容。因此，我们的艺术是反封建的，反资产阶级的，又反对'失掉社会地位'的小资产阶级的倾向。我们不能不援助而且从事无产阶级艺术

---

① 成仿吾：《从文学革命到革命文学》，《创造月刊》1928年第1卷第9期。
② 冯乃超：《艺术与社会生活》，《文化批判》1928年第4号。

的产生。"①"左联"的成立是左翼文学发展的一个拐点,"左联"成立以后开展了大量而富有实绩的文学实践活动,出版了《拓荒者》《萌芽月刊》《巴尔底山》《十字街头》《文化日报》《北斗》《文学月报》等左翼刊物,改革了《大众文艺》《现代小说》《文学》等文学期刊。同时,冯雪峰、鲁迅、瞿秋白等人译介了《托尔斯泰——俄罗斯革命的明镜》《论新兴文学》《苏俄文艺政策》《艺术论》《文艺与批评》等大量马克思主义文学理论和《母亲》《毁灭》《铁流》《被开垦的处女地》等无产阶级文学作品。

更为重要的是,"左联"的成立使左翼文学创作迅速蔓延,在形式和内容上得到了极大的拓展。左翼文学最早是以普罗小说的面目出现的,重要创作者是"太阳社"的蒋光慈、洪灵菲和后期"创造社"的郑伯奇、华汉等人。他们的小说具有鲜明的革命立场,讲述阶级斗争和无产阶级革命的故事,关注现实生活尤其是底层民众所经受的苦难和精神压抑,表现他们在压抑和黑暗的社会中如何走向革命和反抗的经历。而这一切都与现实社会所发生的重大历史事件和革命运动相关联,是革命运动扩展的结果和必然。蒋光慈的《野祭》《菊芬》《最后的微笑》《丽莎的哀怨》等小说,讴歌了工人阶级的革

---

① 《中国左翼作家联盟理论纲领》,《萌芽月刊》1930年第1卷第4期。

第三章 中国现代文学的发展

命热情和反抗压迫的坚定信念,讲述了白俄流亡贵妇那种激愤而又低沉的哀怨和忧愁;《冲出云围的月亮》描写了女主人公如何经历思想的巨大转变,最终走向革命道路的历程;《咆哮了的土地》以工人张进德和知识分子李杰为核心,叙述了李杰在面对农民起义给自己家庭带来伤害时的痛苦、怨恨和内心的矛盾,以及后来在李进德的革命思想影响下走向革命的精神转变历程,并形成了独特的"光赤式的陷进"的小说叙事模式。与蒋光慈的创作意图和模式相近,华汉、洪灵菲、楼适夷、刘一梦、戴平万等左翼作家创作了《地泉》三部曲、《暗夜》《流亡》《大海》《陆阿六》等小说。这些普罗小说在内容上存在着明显的公式化、概念化、模式化缺陷,在展现"革命的浪漫蒂克"的过程中略显生硬和僵化,缺少文学的艺术审美力,这种弊端引起了左翼作家们的重视和反思。

而真正代表左翼作家艺术水准的是丁玲、柔石、胡也频、张天翼、沙汀、艾芜、叶紫等青年作家的文学创作。柔石(1902—1931),左翼青年作家中比较独特的一位,他将自己的写作聚焦于青年知识分子和农村底层妇女身上,描写知识分子的思想历程和农村妇女的悲苦生活。小说《二月》的主人公萧涧秋经历了大革命的失败和乱世的纷争,在苦闷彷徨之际试图去过一种世外桃源式的生活,经历了多年的动荡生活之后,来到了芙蓉镇,希望在此实现自己的生活梦想,但芙蓉镇仍然不是自己诗意的栖居之所，现实社会的庸俗、苦难、破败、倾轧同样在这里发生，他想通过自己的能力拯救孤苦的文嫂的命运，却反而使文嫂因屈辱而投河自尽。只能带着内心的伤痛和绝望再次离开。萧涧秋的人生道路证明了小资产阶级的个人主义理想，在脱离了革命生活的大时代是无法实现的。小说表达了作家对黑暗现实的批判和抨击。《为奴隶的母亲》以凝练沉重的笔触描写了浙东农村"典妻"制的封建陋习，揭露了封建宗法制度吃人的本质和真相。春宝娘被她的丈夫作为生育工具卖给了邻村的秀才地主，在生下一个男孩，失去了生育工具的价值后被遣送回家，过着非人的生活。无论是在丈夫家还是在地主家她都处于奴隶的地位，毫无尊严和幸福。

以柔石的现实主义创作为参照，艾芜的短篇小说集《南行记》塑造了一系列生活在社会底层的流民形象，他们常年承受生活的苦难和精神的重压，致使性格扭曲和变形，但他们仍保留着人性本身的善良和美好。同时，《南行记》对边地风光的描摹、对流民充满传奇色彩生活的叙述鲜活、生动，具有独特的韵味；叶紫的短篇小说集《丰收》《山村一夜》描写洞庭湖畔的乡村生活，阶级压迫和农民困顿的生活迫使他们走上反抗的道路，参与到阶级斗争和革命活动中，"这里的六个短篇，都是太平世界的奇闻，而现在却是极平常的事情。因为极平常,所以和我们更密切,更有大关系。作者还是一个青年,但他的经历,却抵得太平天下的顺民的一世纪的经历,在转辗的生活中,要他'为艺术而艺术',是办不到的。……这就是作者已经尽了当前的任务,也是对于压迫者的答复:文学是战斗的"[1]!同时,叶紫也关注妇女独立解放的问题,把这一问题放置在阶级斗争的大的框架内进行审视,把妇女解放和阶级解放并置在一起,呼唤女性的觉醒;吴组缃的《箓竹山房》将叙事视角指向了封建伦理纲常对人性的压抑和扭曲,女性在封建专制文化的规训下正常的生理需求演变成了变态行为。《一千八百担》描写了一个封建家族为了争夺1800担粮食而相互倾轧、争斗的场景,揭示了农村封建宗法制度必将解体的命运,以及革命必然兴起的前景。

张天翼在左翼小说作家中以犀利、幽默、讽刺的小说风格占据重要位置,他相继出版了12部短篇小说集和5部长篇小说,"构筑起一个风格独特的喜剧世界,由新文学的'异类'转变为左翼文学的一个'独特存在',为现代小说讽刺艺术的发展作出了独特贡献"[2]。小说《三天半的梦》虽然"有时失

---

[1] 鲁迅:《叶紫作〈丰收〉序》,载《鲁迅全集》第6卷,人民文学出版社2005年版,第220页。
[2] 严家炎主编:《二十世纪中国文学史》,高等教育出版社2010年版,第326页。

之油滑""有时伤于冗长"①,但却以尖锐而轻松、深刻而明快的风格,讽刺了小市民社会的庸俗和无聊,对人性中暗藏的愚昧的国民性进行发掘和嘲讽;《在祠堂里》将地主乡绅和官宦政客作为嘲讽对象,揭露了他们的丑恶面目和虚伪道德,对中国封建传统文化所蕴藏的劣根性进行批判;《华威先生》传神地勾画出一位在国家患难之际钻营权谋、华而不实的官僚形象——华威先生,讽刺矛头直指整个腐朽的上层社会;《陆宝田》则描摹了小市民和小公务员的庸俗生活和奴才心态,他们绞尽脑汁、费尽心机地进入上流社会,却在此过程中丧失了人性、良知和道德准则;《包氏父子》更是对这种小市民心态进行了淋漓尽致的嘲讽,父亲希望儿子做的事情总是事与愿违,儿子不但没有进入贵族子弟行列,反而最后走向了堕落和幻灭。张天翼小说的独特讽刺艺术及语言风格被称为"是继鲁迅之后,和老舍并列的讽刺艺术的'双璧'"②。

这一时期与左翼文学思潮并行的是人文主义文学思潮,与五四时期人文主义思潮相比较,20世纪30年代的人文主义思潮褪却了激进和昂扬的精神姿态,而转向深沉和内敛,对"人的文学"本身进行了更深入的思考。"人的文学"观念的延伸

---

① 鲁迅:《致张天翼》,载《鲁迅全集》第12卷,人民文学出版社2005年版,第364页。

② 杨义:《中国现代小说史》第2卷,人民文学出版社1998年版,第368页。

第三章 中国现代文学的发展

和拓展，前提是大量西方文艺论著的译介和接受，柏拉图、托尔斯泰、康德、席勒、柏格森、叔本华、尼采等西方文艺思想家的著作被学界广泛接受。尤其是克罗齐的《美学原理》、厨川白村的《苦闷的象征》《出了象牙塔》《文艺思潮论》、宋村武雄的《文艺与性爱》等著作对中国现代作家产生了重要影响。同时，丰子恺、宗白华、梁实秋、朱光潜等本土文艺理论家也不断对"人的文学"进行理论构建，对文艺的本质、目的、功能、形式、特性等相关要素进行理论阐释。他们认为文艺是具体人生的表现，是现实生活中人的内在情绪的流露，是个体生命力的迸发，文艺是主观的、非功利性的、个性的，总之，艺术是性灵的个人化的私有物品："我以为美的表现，即吾人'精神活动的表现'（Expression of mental activities），吾人的精神活动，即'知''情''意'三大心理作用的总称，美是心理生活全部的表现，但人生惟一的企图，和惟一的欲望，是求'自我的实现'和'自我的发展'；申言之，即是从'不完全'（Inperfect），达到'完全'（Perfect），从有限（Finite）进入'无限'（Infinite），因此对于这'不完全'和'有限'的苦恼人生，力求冲决，以完成其愉快圆满的新人生。"[1]

---

[1] 马仲殊：《文学的要素》，载《文学概论》，现代书局1930年版，第91—112页。

这种文艺观念与五四"人的文学"主张有着内在关联和相同的谱系，可以看见西方人文主义理论的身影。这种文艺观念的代表人物是梁实秋，他依据美国白碧德的新人文主义理论，对五四新文学进行了整体反思和重估，以人文主义作为衡量标准和内在准则去审视五四新文化，他认为五四文学的内在症结是浪漫主义和感伤主义的流行和泛滥，从而忽略了普遍性的人性诉求，而这种普遍人性是超越阶级性的，资本家与工人在人性上没有区别。"文学的国土是最宽泛的，在根本上和理论上没有国界，更没有阶级的界限。一个资本家和一个劳动者，他们的不同的地方是有的，遗传不同，教育不同，经济的环境不同，因之生活状态也不同，但是他们还有同的地方。他们的人性并没有两样，他们都感到生老病死的无常，他们都有爱的要求，他们都有怜悯与恐惧的情绪，他们都有伦常的观念，他们都企求身心的愉快。文学就是表现这最基本的人性的艺术。"[①]

按照"人的文学"的艺术准则和文学理念，30年代出现了海派和京派两个小说流派，海派以上海为中心，京派以北平为中心，两个小说流派秉持不同的"人的文学"的观念，京派注重人与启蒙的关系，注重文学开启民智的功能，海派关注人的情绪体验、感官直觉、潜意识和性心理等精神因素，注重

---

① 梁实秋：《文学是有阶级性的吗?》，《新月》1929年第2卷第6、7号。

第三章 中国现代文学的发展

人的内在精神的发掘。

1930年前后,五四新文学中心由北平迁往上海,大批作家纷纷南下,而仍有沈从文、废名、萧乾、芦焚、俞平伯、梁实秋、凌淑华等一批作家坚守在北平,以《骆驼草》《大公报·文艺副刊》《水星》《文学杂志》等刊物为依托,进行自由主义文学创作,被称作京派作家群。京派作家在处理文学与社会、文学与现实、文学与政治的关系时常采用一种比较疏离的态度,他们在文学作品中回避现实生活,将目光转向远离现实世界的原始农村和边地,在刻意营造的乡土世界中去发现人性美和人情美,去想象一种诗意的栖居生活,并希望在城乡对比中重建人性和人本身,改造中国社会的国民性。"文学是要认识现代的生活,加以表现和批评,而指示出一条改造社会的新路径,以启发未来。"①

在京派作家群中废名(1901—1967)的影响力巨大,共出版短篇小说集《竹林的故事》《桃园》《枣》,长篇小说《桥》《莫须有先生传》《莫须有先生坐飞机以后》等。小说《竹林的故事》将自己的故乡黄梅描摹成远离都市生活的世外桃源,在民风淳朴的乡土中发掘人性之美。整部小说营造了一

---

① 王森然:《文学的定义》,载《文学新论》,上海光华书局1930年版,第117页。

种恬淡、优雅、宁静的意境。长篇小说《桥》以程小林与史琴子的爱情故事为叙述核心,但作者对二者之间的情爱故事做了淡化处理,成为烘托平淡质朴、淡雅悠远的乡村之美的背景,旖旎的自然景色、纯洁的乡村少女、真挚的私塾先生成为小说漂亮的构图。

> 实在他自己也不知道站在那里看什么。过去的灵魂愈望愈渺茫,当前的两幅后影也随着带远了。很象一个梦境。颜色还是桥上的颜色。细竹一回头,非常之惊异于这一面了,"桥下水流呜咽",仿佛立刻听见水响,望她而一笑。从此这个桥就以中间为彼岸,细竹在那里站住了,永瞻风采,一空依傍。①

这种打破小说情节的主体地位,模糊人物形象,破坏故事的整体性和连贯性,凸显小说的意境和情绪,营造一种诗性氛围,成为废名小说的标示性风格。"像是一道流水,大约总是向东去朝宗于海,他流过的地方,凡有什么汉港湾曲,总得灌注潆洄一番,有什么岩石水草,总要披拂抚弄一下子才再往前

---

① 废名:《桥》,《废名集》(小说中)第 1 卷,北京大学出版社 2009 年版。

第三章 中国现代文学的发展

去,这都不是他的行程的主脑,但除去了这些也就别无行程了。"① 这种写作风格一方面使废名的小说充满诗情画意,另一方面也使小说显得内容单薄、境界狭小、题材平淡,同时也使小说有些晦涩难懂,尤其是"莫须有先生"系列小说蕴含了"禅趣"和"谐趣",让普通读者很难体会作者的真实意图。

> 莫须有先生对于花桥的桥字又那么思索着……他以为桥总是空倚傍的,令人有喜于过去之意,有畏意,决不像一条路,更不是堆砌而成像一段城池了。而就城的洞门说则花桥下面是最美丽的建筑了,美丽便因为伟大,远出乎小孩子的尺度,而失却了莫须有先生小桥流水的意义了,故他对着花桥思索着。他不知道桥者过渡之意,凡由这边过渡到那边去都叫做桥,不在乎形式。②

废名的小说对沈从文等京派作家产生了重要影响,"自己有时常常觉得有两种笔调写文章,其一种,写乡下,则仿佛有与废名先生相似处。由自己说来,是受了废名先生的影响,但

---

① 周作人:《莫须有先生传·序》,《鞭策周刊》1932 年第 1 卷第 3 期。
② 废名:《莫须有先生坐飞机以后》,载《废名集》(小说下)第 2 卷,北京大学出版社 2009 年版,第 1045 页。

风致稍稍不同，因为用抒情诗的笔调写创作，是只有废名先生才能那种经济的。这一篇即又有这痕迹，读我的文章略多而又欢喜废名先生文章的人，他必能找出其相似中稍稍不同处的，这样文章在我是有两个月不曾写过了，添此一尾记自己这时的欣喜"[1]。总体来看废名先生与沈从文先生的创作，前者更自然、更有禅味，后者则更精细、更有意境。

另一位重要的京派作家是萧乾（1910—1999），1933年开始在《国闻周报》《大公报·文艺》和《水星》上发表小说，相继出版短篇小说集《篱下集》《栗子》和长篇小说《梦之谷》等。萧乾善于运用儿童眼光来审视成人世界，现实社会的苦难和动荡，经过儿童视角的过滤和"加工"之后显现出另一种哀愁和凄凉。《篱下》用未经世事熏染的少年环哥的视角来讲述母子二人寄人篱下的酸楚情感；《雨夕》讲述了一位丈夫失联、孩子离散、遭人欺辱，以致精神失常的女性的悲惨命运，而所有的一切都是通过一群学生的视角展开的，显得更加真实也更加凄苦；《俘虏》描写了少女荔子的活泼、伶俐、自尊而善良的天性。同时，萧乾的小说还带有一种批判的锋芒，把批判的笔触指向了教会的虚伪和残酷，揭露了基督教利用宗教信仰欺骗民众、蛊惑心智，实行文化殖民的真实面目。

---

[1] 沈从文：《夫妇·尾记》，《小说月报》1929年第20卷第11号。

第三章 中国现代文学的发展

萧乾小说在主题的选择和叙事模式上的差异性和独特性使其在京派作家群中独树一帜。这与他个人的成长经历有着内在联系。长篇小说《梦之谷》就有着鲜明的自传式爱情的印记，小说以"我"的视角讲述了一位北京青年记者几经漂泊来到岭东，虽然在一所中学找到了教授国语的工作，但却存在语言障碍，"我"无法准确理解本地方言，不能与人顺畅交流，从而陷入生活的苦恼中。在一次偶遇中，"我"认识了可以说标准国语的"盈"，两个人的共同遭遇和相似的人生际遇使彼此产生了爱慕之情，并在"梦之谷"中度过了一段美好时光。但所有的梦想和美好被一场噩梦般的事件打破，"盈"被一个地主恶霸强行占有，两个人的一切就这样突然中断。萧乾通过《梦之谷》对金钱社会和黑暗势力进行了强烈的控诉，小说充满了悲剧色彩，具有"自叙传"笔调的讲述也使小说吸引了大批的读者，从而引发对人生命运的哲思。更为重要的是小说铺陈过程中所展现出来的情意缠绵和梦境般的爱情激起了人们对诗意的诉求。

我们便拉着手，像古今中外传奇里所描写的少男少女一样，徜徉在梦之谷里……

那是一段短短的日子，然而我们配备了一切恋爱故事所应有的道具：天空里星辰那阵子嵌得似乎特别密，还时有陨落的流星在夜空滑落出美丽的线条。四五月里，山中花开得正旺，月亮也是分外的皎洁，那棵木棉树也高兴得时常摇出金属般的笑声。当我们在月下坐在塘边，把两双脚一齐垂到水里，沁凉之外，月色像把我们通身镀了层银，日子也因此镀了银。我们蜷曲着脚趾，互相替洗着，由于搔痒，又咯咯地笑着……①

同样作为京派作家，芦焚的小说集《谷》《里门拾记》《落日光》《野鸟集》，凌叔华的小说集《花之寺》《女人》《小孩》《小哥儿俩》也独具特色。

20世纪30年代在中国现代文坛上存在着另一支不容忽视的文学力量——"新感觉派"作家，他们以上海为创作中心，把文学写作重心放置在对上海都市生活的主观体验上，上海都市的灯红酒绿、纸醉金迷、堕落颓废以及它们带给作家的异样体验成为"新感觉派"作家的抒写对象，但他们文学抒写的意图并不是对社会进行批判，而是直接呈现感官体验，在都市物质文化和商业文明的漩涡中下沉。"新感觉派"的文学创作倾向和写作风格大多受到日本"新感觉派"文学的影响，他们擅于在快节奏的都市生活中捕捉典型化的都市生活景象和符

---

① 萧乾：《梦之谷》，华夏出版社2009年版，第151页。

号,将其构建为小说中的意象。弥散在上海大都市的汽车、服饰、舞厅、咖啡馆、霓虹灯、电影院等标识性的都市符号,成为他们小说的重要元素,这些符号和意象背后所表征的生活方式和精神旨趣成为小说主导;"新感觉派"对都市生活的描写并不在于客观的呈现,以及在此过程中对都市生活进行艺术化的升华,而是直接从个体的视觉、听觉、味觉、触觉等生理感官出发,直接切入到人物生理神经的内部,将所有的直观体验全部宣泄出来。因此,"新感觉派"小说不讲求故事的完整、情节的曲折和人物形象的饱满等传统写实原则,他们的小说充满了意识的流动,情节的破碎和人物形象的模糊等共性化的特点,讲求都市意象的密集式展现给人造成的生理体验;"新感觉派"在小说叙事方式上创作了一种全新的模式,小说叙事视角不再集中于固定的某个点上,而是随着叙事者的主观体验不断地跳跃、挪移,呈现出一种散点叙事的状态,犹如电影不断摇晃的镜头和随意切换的场景。

上海,造在地狱上面的天堂!

沪西,大月亮爬在天边,照着大原野。浅灰的原野,铺上银灰的月光,再嵌着深灰的树影和村庄的一大堆一大堆的影子。原野上,铁轨画着弧线,沿着天空直伸到那边儿的水平线下去。

林肯路（在这儿，道德给践在脚下，罪恶给高高地捧在脑袋上面）。

拎着饭篮，独自个儿在那儿走着，一只手放在裤袋里，看着自家儿嘴里出来的热气慢慢儿的飘到蔚蓝的夜色里去。

三个穿黑绸长褂，外面罩着黑大褂的人影一闪。三张在呢帽底下只瞧得见鼻子和下巴的脸遮在他前面。[①]

在"新感觉派"作家中，施蛰存、穆时英、刘呐鸥的小说具有代表性。施蛰存（1905—2003）自20世纪20年代中期开始小说创作，主要创作了《江干集》《娟子姑娘》《追》《上元灯》《将军底头》《梅雨之夕》《善女人行品》等小说集。施蛰存小说最典型的特征是运用精神分析学来建构小说，他把小说人物的精神流动和意识形态作为主要描写对象，人物的潜意识、性心理、梦境等非理性精神内容都成为他小说创作的内容，"努力将心理分析移植到自己的作品中去"[②]。小说集《将军底头》所收录的《鸠摩罗什》《将军底头》《石秀》3篇小说是运动精神分析来讲述古代人物故事的主要作品，"《鸠

[①] 穆时英：《上海的狐步舞》，二十一世纪出版社2013年版，第53页。
[②] 施蛰存：《我的创作生活之历程》，载《创作的经验》，上海天马书店1935年版，第69页。

摩罗什》是写道和爱的冲突,《将军底头》却写种族和爱的冲突了。至于《石秀》一篇,我是只用力在描写一种性欲心理,而最后的《阿褴公主》,则目的只简单地在乎把一个美丽的故事复活在我们眼前"①。《将军底头》讲述了唐代将军花惊在远征吐蕃的过程中遇到了一位美丽的姑娘,花惊将姑娘占为己有,作为自己情绪宣泄的对象,但自己的身份和职业,以及存在的道德感时刻在谴责自己的行为,因此这种矛盾始终在将军的内心中冲突和对峙,直到最后在战斗中被杀了头。小说对将军内心世界的细微刻画十分精彩。《梅雨之夕》和《善女人行品》中收录的小说是典型的心理分析小说,例如小说《雾》中讲述了一个出生于旧式宗教家庭的素贞小姐,一次在去上海的火车上遇到了一位青年绅士,在交谈中对年轻绅士产生了爱慕之情,但当表妹告诉她这位年轻绅士是一位当红电影明星时,她产生了一种被欺骗和戏弄的感觉,她怨恨青年男子对自己的侮辱,不明白为什么表妹如此迷恋娱乐明星。《春阳》中的婵阿姨,在温暖的春天里行走在上海繁华的街道上,当她的目光捕捉到一位年轻的银行职员时,她的内心涌起了难以察觉的欲望,银行职员"一道好像要说出话来的眼光,一个跃跃欲动的嘴唇,一张充满着热情的脸""使她有点烦乱",随之,

---

① 施蛰存:《将军底头·自序》,载《将军底头》,上海新中国书局1932年版。

自己的视角一转,"远远地看着那有一双文雅的手的中年男子独坐在一只圆玻璃桌边"。这看似漫无目的的窥探和凝视勾起了婵阿姨长期压抑着的情欲,并使其沉迷于自己的幻象中,"冥想着有一位新交的男朋友陪着她在马路上走,手挽着手。和暖的太阳照在他们相并的肩上,让她觉得通身的轻快"。

刘呐鸥(1905—1940)创作了短篇小说集《都市风景线》《赤道下》等为数不多的作品,但都产生了很大的影响。小说集《都市风景线》收入了8篇短篇小说,是中国第一部以西方现代派写作方法创作的小说集,为了契合和凸显上海都市生活的多变、快速、多样和稍纵即逝,凸显及时享乐的生活体验,刘呐鸥采用叙述视角分散、变化,叙事语言简洁,叙事节奏快速,叙事时间破碎等手法,以及注重人物内心感受和精神体验的直接呈现等现代派写作技巧,给人以新鲜的感受。《游戏》《两个时间的不感症者》《礼仪和卫生》等小说,几乎没有完整的故事情节和规整的叙事结构,小资产阶级饮食男女们的无聊、寂寞、堕落、腐化的生活场景,对物质生活和金钱的沉迷,对生理本能欲望的放纵等上海都市人的生活细节,在主观感觉和情绪体验中被发掘出来。除了小说写作,刘呐鸥的电影批评也有一定的影响。《电影节奏论》《关于作者的态度》《开麦拉机构——位置角度机能论》等,展现出刘呐鸥独特的电影观和对电影理论的构建。

"新感觉派"的另一个重要代表人物是穆时英（1912—1940），出版短篇小说集《南北极》《公墓》《白金的女体塑像》《圣处女的感情》和长篇小说《交流》等。从1932年出版短篇小说集《公墓》开始，穆时英的小说就具有"新感觉派"小说的审美特征，他熟练运用现代派创作技巧，深入人物的内心世界和情绪空间，扒开精神褶皱内隐藏的细微体验，并将这种直观体验放大，使之清晰地呈现在读者面前。都市形形色色男女的情爱生活和场景成为穆时英小说的主要内容，尤其是上海舞厅中男女之间暧昧而羞涩、迎合又躲闪、或香艳或清纯妩媚的各种样态被描写得淋漓尽致。穆时英的小说成为上海十里洋场的畅销小说和模仿对象，并被赋予"中国新感觉派圣手"的称号。《夜总会里的五个人》《街景》《上海的狐步舞》《白金女体的塑像》等小说成为海派小说的典范性作品，在这些小说中，穆时英将目光聚焦于上海的夜总会、咖啡馆、酒吧、电影院、跑马厅等声色犬马、纸醉金迷的情色场所，在凌乱的狐步舞、嘈杂的爵士乐、香艳的模特、闪烁的霓虹灯中，捕捉都市人敏感、纤细、复杂的心理感觉，并以蒙太奇、意识流、象征主义、印象主义等现代派表达技巧表现这些喧哗和骚动的主体感受。

第二节　茅盾：全景式叙述与社会剖析小说

茅盾（1896—1981），原名沈德鸿，字雁冰，出生于浙江乌镇。茅盾幼年时期接受了良好的家庭教育，中国古典传统文化对他产生了深刻影响，他经常阅读《三国演义》《西游记》等古典小说，"书不读秦汉以下，骈文是文章之正宗；诗要学建安七子；写信拟六朝人的小札"[1]。但中国社会的封闭和僵化使茅盾感到深深的焦虑，"我的中学生时代是灰色的，平凡的"[2]。随着五四新文化运动的开展，茅盾也加入其中，成为有影响的作家之一。在文学创作初期，茅盾持有"为人生"的文学观念，认为"文学是有激励人心的积极性的。尤其在我们这个时代，我们希望文学能够担当唤醒民众而给他们力量的重大责任"[3]，并且文学创作"要注重思想"。在这种文学观念的指导下，1921年茅盾联合其他现代作家成立了文学研究会，重新改组《小说月报》，并担任主编，作为文学研究会的重要刊物，亦成为"为人生文学"的主要阵地。茅盾文学实

---

[1] 茅盾：《我的中学生时代及其后》，载《印象·感想·回忆》，文化生活出版社1936年10月初版，第90页。

[2] 同上书，第89页。

[3] 茅盾：《"大转变时期"何时来呢?》，《文学》周报1923年第103期。

第三章 中国现代文学的发展

践活动的另一个重要内容是对外国文学的译介,他认为翻译外国文学作品对五四新文学有着重要意义,一方面"介绍他们的文学艺术",另一方面"介绍世界的现代思想"[①]。茅盾在翻译外国文学作品时比较关注俄国现实主义文学作品,对东欧、北欧等弱小民族的反映国家和人民苦难的文学也十分重视。同时,对欧洲国家的自然主义文学也颇感兴趣,认为自然主义文学提倡的客观、真实地展现社会现实的写作手法能够全景式地映射中国纷繁复杂的社会现实。

  1921—1927年,茅盾参加了一系列革命实践活动,对中国社会的民生疾苦和民族苦难有了更加深刻的了解。1927年7月,茅盾作为中国共产党早期的成员和具有革命思想的作家,受到国民党政府的通缉,被迫暂停革命活动,回到上海进行文学创作,在复杂而悲痛的心境中创作了《蚀》三部曲。《蚀》由《幻灭》《动摇》《追求》3个中篇组成,讲述了经历了革命洗礼的小资产阶级知识青年所经历的动荡生活和思想波动,完整地勾画出这一时期小资产阶级知识青年的精神轨迹。《幻灭》以大革命前夕的上海和武汉为背景,主人公章静生长在一个优越的家庭环境中,她的情感敏感而脆弱,精神世界充满

[①] 茅盾:《新文学研究者的责任与努力》,《小说月报》1921年第12卷第2期。

矛盾和悖论。她并没有真正体验到生活的苦难和社会的复杂，她批判社会的丑恶现象，但又缺乏打破一切旧制度和旧习俗的勇气，她向往纯洁而美好的生活，但又没有将革命进行到底的意志，她对未来社会充满希望，但又感到失望，她始终是一个矛盾体，在希望与绝望、丑恶与美好、兴奋与幻灭中左右摇摆。章静想远离上海这个充满欲望的消费城市和它的商业文化，期盼加入到无产阶级革命和创建美好社会的活动中。她怀着"新的憧憬，来到革命中心的武汉。她也曾决心'去受训练，吃苦，努力'"，她为革命的激情所鼓舞，换了3次工作，但每次都"只增加些幻灭的悲哀"。她从来没有真正理解和融入革命运动中，当革命经历挫折时她感到深深的幻灭，因而她的苦闷和厌倦情绪占据了整个精神世界，转而在爱情中寻找精神的慰藉和解脱，但最后仍旧以失败告终。章静的精神特征和思想动态反映了当时一部分小资产阶级知识青年的真实状态。《动摇》围绕着店员罢工风潮、筹建"妇女解放保管所"、反动势力攻打妇女会和县党部事件等，反映了革命形势的严峻、革命队伍的复杂，以及革命的艰巨性和长期性。小说中的主人公方罗兰虽然是革命联盟的国民党县党部的负责人，但他没有坚定的革命意志和毅然的行动勇气，他清楚胡国光虚假革命的真实面目，但却畏惧丑恶和暴力，不敢揭露胡国光的罪恶。同时，他也惧怕革命群众的革命力量，担忧革命打破现有的社会体制，冲击自己的安稳生活。当革命遇到挫折时，他毫无解决办法，反而却以个人利益为根本，决定脱离革命。与方罗兰的行为相反，革命者李克具有坚定的革命意志和果敢的行动力，睿智而决断。当革命陷入困境时，他能够及时发现症结所在，揭露胡国光的反革命阴谋并将其铲除。《追求》描写大革命失败后，一群小资产阶级青年知识分子聚集在上海的活动，他们仍然对革命保持热情，希望通过自己的努力推动革命的成功。但由于他们的阶级局限性，虽然他们拒绝与反动派站在一条战线上，但仍难以避免失败的命运。张曼青的"教育救国"和王仲昭的"新闻救国"的选择，没有达成最初的抱负和梦想，章秋柳在革命遭受挫折后沉沦和堕落，在感官刺激中消磨了革命意志；史循则对革命的未来抱有怀疑的态度，最后堕入毁灭的深渊。这些小资产阶级知识青年在人生追求的道路上遇到了理想与现实的冲突和困顿，因无力解决而陷入人生困境。

《蚀》三部曲在描绘第一次大革命时期的社会风貌和人的精神状态的同时，塑造了慧女士、孙舞阳、章秋柳等系列"时代女性"形象，在茅盾的小说中这类女性形象从人生诉求、道德伦理、生活方式、精神气质上都与中国传统女性有着巨大差异，他们是在五四新文化运动影响下成长起来的契合新时代文化诉求的新女性，是现代文学人物谱系中的"新人"形象。1929 年，茅盾根据自己女友秦德君的人生经历，结合自己对五四时代女性的了解，创作了长篇小说《虹》。《虹》的女主人公梅行素与慧女士、孙舞阳和章秋柳具有相同的精神谱系和行为方式，梅行素深受五四新文化运动的影响，主张个性解放和自由，希望按照自己的意志和梦想勇敢而执着的追求自己的人生幸福。她敢于反抗封建家庭的专制，追求自己的婚姻自由，打破封建贞操观念，与柳遇春结婚并逃离封建家庭。为了寻找属于自己的人生道路，她来到泸州师范学校教书，但这所新式学校却充斥着各种封建思想的余毒，自己思想行为与学校的思想环境格格不入，而且有随时被封建军阀霸占的危险。但她并没有放弃自己的理想和追求，在恶劣的环境中始终保持自己的人格和尊严，周旋于同事和封建军阀军长之间，并最终出走上海，走向另一个新的世界。在上海她结识了革命者梁刚夫，虽然她对梁刚夫所从事的革命活动及其信仰并不是十分了解，但她努力地在阅读马克思主义著作中逐步了解革命思想，并最终在梁刚夫的影响下走上了革命道路。梅行素的人生道路实际上是茅盾所设想的小资产阶级人生发展道路：从个体主义走向集体主义，从个体反抗走向群体斗争，最终进入革命队伍。

1930年以后，茅盾陆续创作了中篇小说《路》《三人行》。1932年，茅盾进入创作高峰期，陆续创作了长篇小说《子夜》和短篇小说《林家铺子》《春蚕》，塑造了吴荪甫、

第三章 中国现代文学的发展

林先生、老通宝等一系列成功的人物形象。茅盾在进行文学创作的同时,还发表了《中国苏维埃革命与普罗文学之建设》《我们所必须创造的文艺作品》《"民族主义文艺"的现形》等文艺批评文章。抗战爆发后,茅盾在上海主编《烽火》周刊、《文学》《中流》《文季》《译文》《立报》副刊、《言林》《文艺阵地》等刊物,并创作了中篇小说《第一阶段的故事》,及日记体长篇小说《腐蚀》和未完成的长篇小说《霜叶红似二月花》《锻炼》等许多作品。茅盾的文学创作和文学作品对中国现代文学发展起到了至关重要的作用,也确立了他在中国现代文学史上的重要地位。他是"新文艺运动战线上的老战士""对革命文艺的创造是作了很多贡献的"。①

长篇小说《子夜》是茅盾影响最大的小说,也是20世纪30年代左翼文学的标志性成果之一,小说以宏大的叙事结构、全景式的画卷、史诗般的气势、鲜明的政治立场和批判视角,获得了"中国第一部写实主义的成功的长篇小说"② 的称谓。《子夜》的创作经历了长期的准备过程,与其他现代作家不同,茅盾长期从事社会革命实践活动,对中国社会各阶级的现实状况有着更为深入的了解,而且与政府职员、工商界、金融

---

① 周扬:《为创造更多的优秀的文学艺术作品而奋斗》,《人民日报》1953年10月9日。

② 乐雯:《〈子夜〉和国货年》,《申报·自由谈》1933年4月2日。

界及各类人士往来频繁，对上海工商业情况非常熟悉。"看人家在交易所里发狂地做空头，看人家奔走拉股子，想办什么厂"是一种司空见惯的"日常课程"①，加之，当时关于中国社会性质的纷争日趋白热化，所以，茅盾决定以文学的方式对此做出艺术性和审美性的回答。同时，茅盾参加第一次国内革命战争的经验开始发酵，"当时在上海的实际工作者，正为了大规模的革命运动而很忙，在各条战线上展开了激烈的斗争。我那时没有参加实际工作，但是一九二七年以前我有过实际工作的经验，虽然一九三一年不是一九二七年了，然而对于他们所提出的问题以及他们工作的困难情形，大部分我还能了解"②，这段独特的人生经历使茅盾能够深入现实生活的内部去观察问题、思索问题和回答问题。

《子夜》讲述的故事发生在1930年上半年的上海，民族资本家吴荪甫希望通过振兴民族工业推进中国社会的现代化进程，但在组建益中信托公司的过程中困难重重，一方面工人因为劳资问题与公司长时间存在矛盾，另一方面，西方买办资产阶级的代表赵伯韬不断在资本市场上对吴荪甫进行围剿，最终吴荪甫在与赵伯韬的对决中失败。从表象来看，小说讲述的故

---

① 茅盾：《我的回顾》，载《茅盾全集》第19卷，人民文学出版社1991年版，第408页。
② 茅盾：《〈子夜〉是怎样写成的》，《新疆日报·绿洲》1939年6月1日。

第三章 中国现代文学的发展

事并不是特例，但茅盾将故事放置在整个中国社会政治、经济、文化动荡期特定的时代背景下，将吴荪甫这样一个民族资本家在一个不正常的经济体系中个体的沉浮与社会、时代和整个国家结合起来，将微观的个体生活拓展为对整个大时代的隐喻，这就使《子夜》具有十分重要的地位和特殊性。20世纪30年代的中国社会正处于崩溃的边缘，军事上的军阀混战，使国家陷入战争的苦难中；经济上被外国资本侵占和围剿，岌岌可危；政治上无产阶级革命运动风起云涌。在这种时代背景下，民族资产阶级只有通过进一步压榨工人来获取更大的利润，缓解生存危机，"伴随各派反动统治者之间的矛盾——军阀混战而来的，是赋税的加重，这样就会促令广大的负担赋税者和反动统治者之间的矛盾日益发展。伴随着帝国主义和中国民族工业的矛盾而来的，是中国民族工业得不到帝国主义的让步的事实，这就发展了中国资产阶级和中国工人阶级之间的矛盾，中国资本家从拼命压榨工人找出路，中国工人则给以抵抗。伴随着帝国主义的商品侵略，中国商业资本的剥蚀，和政府的赋税加重等项情况，便使地主阶级和农民的矛盾更加深刻化，即地租和高利贷的剥削更加重了，农民则更加仇恨地主。因为外货的压迫，广大工农群众购买力的枯竭和政府赋税的加重，使得国货商人和独立生产者日益走上破产的道路。……如果我们认识了以上这些矛盾，就知道中国是处在怎样一种皇皇不可终日的局面之下,处在怎样一种混乱状态之下。就知道反帝反军阀反地主的革命高潮,是怎样不可避免,而且是很快会要到来"①。而《子夜》正是对中国这种社会状况和社会性质的真实反映。

茅盾在小说《子夜》中成功地塑造了民族资本家吴荪甫的形象,丰富了中国现代文学的人物画廊。吴荪甫是一个充满理想的民族资本家,他希望通过发展民族实业来振兴国家,"发展企业,增加烟囱的数目,扩大销售的市场",他企图通过兼并和收购濒临破产的企业,打败"半死不活的所谓企业家"来扩大自己的工业版图,"把企业拿到他的铁腕里来"。但是吴荪甫也深知如果想发展民族工业,必须要有一个稳定的发展环境,"国家像个国家,政府像个政府"。因此,他不仅仅关心经济发展,更关注中国社会的政治生态,"用一只眼睛望着政治"。虽然,吴荪甫能够运用现代化的企业管理方式来运作自己的企业,并具有一种刚毅、果敢、智慧的人格魅力,但中国社会政治、经济和思想上的混乱和无序状态使他只能疲于应付而碌碌无为。他既要时刻提防金融资本家赵伯韬的资本围剿,又要平息工厂里的工人罢工,同时还要避免陷入军阀混

---

① 毛泽东:《星星之火,可以燎原》,载《毛泽东选集》第1卷,人民出版社1991年版,第98页。

战给民族工业带来的致命漩涡,虽然每天疲于奔命,但失败的命运仍然在所难免。工厂的破产、信托公司的失败使他只能求助于帝国资本主义的庇护。茅盾通过《子夜》以及吴荪甫的命运揭示出中国民族资本家先天存在的两面性,一方面,他们无法调和与工人阶级的矛盾,另一方面,他们又无法脱离外国资本的庇护而独立生存,这种两面性决定了他们必然失败的命运。除了《子夜》中的吴荪甫,茅盾还在《多角关系》《第一阶段的故事》《霜叶红似二月花》《清明前后》《锻炼》等小说中塑造了唐子嘉、何耀先、王伯申、林永清、严仲平等一系列民族资本家形象。除民族资本家形象外,茅盾在《子夜》中还创造了一系列性格各异的人物形象:阴险狡诈、心狠手辣、荒淫无耻、飞扬跋扈的赵伯韬;机警谨慎、聪明干练、性格坚毅的屠维岳;道德沦丧、唯唯诺诺的地主冯云卿;性格软弱的经济学教授李玉亭等众多人物在《子夜》中纷纷登场。

除了在人物形象塑造方面的突出成就,《子夜》在长篇小说叙事艺术上也做出了开拓性的探索和尝试。首先,《子夜》是五四新文学以来第一部真正意义上的全景式的反映中国社会发展状况的小说,亦是具有宏大而复杂的现代结构的长篇小说。《子夜》从不同视角、不同层次切入中国社会内部反映时代的复杂性,同时又能够做到多而不乱、重点突出、层次分明、线索清晰、张弛有度;其次,《子夜》对人物的心理刻画和精神描写细致入微，对不同阶层的人物，以及同一人物在不同环境中的不同心理状态的捕捉和把握精准而细微，并从正面、侧面等多种角度，对人物的潜意识和幻觉进行描摹；再次，茅盾在《子夜》中尝试了一种"蛛网式"的叙事结构，以吴荪甫与赵伯韬之间的相互斗法，吴荪甫与工人之间的罢工斗争和双桥镇的农民暴动为主要线索，在主线之中又穿插了许多小故事，使整篇小说形成较为严密的网状结构。同时，《子夜》的语言具有简洁、细腻、生动的特点，偶尔运用成语典故，也是恰到好处，让读者感到趣味盎然。

虽然茅盾意图在《子夜》中全景式地呈现20世纪30年代中国社会的全貌，但小说主要还是集中在对上海工商界的描写上，对乡镇工商业和农村场景的描写仍然不够全面。因此，茅盾又创作了小说《林家铺子》和"农村三部曲"。《林家铺子》以上海"一二·八"事变前后社会动荡为背景，描写了一个乡镇小商店的老板虽然勉力经营，但在年终仍然无力支撑，最终无法摆脱倒闭的命运，小说运用严谨的社会分析方法，抽丝剥茧、层层分析，探寻小工商业者破产的原因，在主题设置、人物塑造、语言修辞等审美艺术方面达到了相当精致和圆熟的程度，是茅盾小说创作中的"最佳之作"[①]。"农村三

[①] 朱自清：《子夜》，《文学季刊》1934年第1卷第2期。

部曲"包括《春蚕》《秋收》《残冬》3部中篇小说,以老通宝、多多等农民的故事为叙述核心,呈现了农村经济凋敝、农民生活困苦的社会现实,从而思考农民和农村的出路。

茅盾的小说创作和文艺批评在中国现代文学史上占有重要位置,他开创了以社会分析为主要特征的批判现实主义的先河。

第三节　老舍:市民世界的挽歌

老舍(1899—1966),原名舒庆春,字舍予,出生于一个北京满族底层的旗人家庭。老舍自幼家境贫寒、生活困苦,对北京底层普通人的生活有着切身的感受,对他们的日常生活、家庭伦理和审美取向有强烈的认同感。"我自己是寒苦出身,所以对苦人有很深的同情。我的职业虽使我老在知识分子的圈子里转,可是我的朋友并不是都是教授与学者。打拳的,卖唱的,洋车夫,也是我的朋友。"① 老舍长期生活在北京的胡同和四合院内,对北京的传统文化有着复杂的感情,一方面对北京的市民社会和世俗审美情趣十分迷恋,采取一种认同的态度,"我生在北平,那里的人、事、风景、味道,和卖酸梅汤、杏

---

① 老舍:《〈老舍选集〉序》,载《老舍文集》第16卷,人民文学出版社1991年版,第220页。

儿茶的吆喝的声音,我全熟悉。一闭眼我的北平就完整的,象一张彩色鲜明的图画浮立在我的心中。我敢放胆的描绘它。它是条清溪,我每一探手,就摸上条活泼泼的鱼儿来"[1];另一方面,老舍对北京市民文化中的传统伦理观念及其所蕴含的"劣根性"和"国民性"又持有批判的态度,情感十分复杂。

老舍真正的文学创作开始于1924年在英国教书期间。那时,为了学习英文开始阅读英文小说,"二十七岁出国。为学英文,所以念小说,可是还没想起来写作。到异乡的新鲜劲儿渐渐消失,半年后开始感觉寂寞,也就常常想家。从十四岁就不住在家里,此处所谓'想家'实在是想在国内所知道的一切。那些事既都是过去的,想起来便像一些图画,大概那色彩不甚浓厚的根本就想不起来了。这些图画常在心中来往,每每在读小说的时候使我忘了读的是什么,而呆呆的忆及自己的过去。小说中是些图画,记忆中也是些图画,为什么不可以把自己的图画用文字画下来呢?我想拿笔了"[2],并相继写了《老张的哲学》《赵子曰》《二马》3部长篇小说。《老张的哲学》中的主人公老张是旧北京社会中的一个作恶多端的恶棍流氓,

---

[1] 老舍:《三年写作自述》,载《老舍文集》第15卷,人民文学出版社1990年版,第430页。

[2] 老舍:《我怎么写〈老张的哲学〉》,载《老舍文集》第15卷,人民文学出版社1991年版,第165页。

他一个人具有士兵、学生、商人3种职业身份，同时有着回教、耶稣、佛教3种宗教信仰，他的人生哲学是"钱本位而三位一体"。在小说中老舍展现了自己独特的幽默和讽刺风格，幽默中暗含着或隐或现的悲伤，在嬉笑中透露出或明或暗的忧虑，在讽刺中携带着或浓或淡的同情。《赵子曰》描写居住在北京"天台公寓"的一群青年大学生，他们过着堕落、颓废、放任的"灰色生活"。"我在解放与自由的声浪中，在严重而混乱的场面中，找到了笑料，看出了缝子。……在轻搔新人物的痒痒肉。"在这群青年中有"古老的青年"周少濂、"年少无知的流氓"欧阳天风、"过激党"分子李纯景、"一举一动都带着洋味儿"的武端、"好象绸缎庄的少掌柜"莫大年、"天字第一号"财神爷赵子曰。这群青年学生并没有将生活重心放在学习上，而是每天生活堕落、放任自私、纸醉金迷，过着混沌的日子，赵子曰是这群青年的典型代表，因此以其名字为书名。《二马》的最初意图是对中英两国不同的民族性进行对比，但在讽刺与幽默时又陷入了油滑而庸俗的笑料中，不免影响了作品的思想意义。老马先生为了继承哥哥的古玩店，带着儿子小马来到伦敦，寄住在温都太太家，温都太太为了高昂的房租，忍受自己对中国人的偏见和厌恶，勉强接受了老马父子。但二马父子竟然与温都母女产生了暧昧而朦胧的情感，老马丧妻之后的孤独寂寞与温都太太寡居多年的孤苦相碰撞之后找到了共同的缺憾，温都太太决定嫁给老马，但二者之间仍然有着难以跨越的文化鸿沟，最终二人的婚事告吹。而小马对爱玛的爱过于浓烈，为了爱情而失去了理性，爱玛却根本无意于小马，伤心绝望之际，小马黯然离开伦敦，离开了温都太太一家。

　　1929年，老舍回国途经新加坡，创作了长篇小说《小坡的生日》。回国以后老舍的第一部作品是小说《大明湖》，小说以"五三"惨案为故事背景，揭露和批判日本帝国主义在济南犯下的残暴罪行，"《大明湖》里没有一句幽默的话，因为想着'五三'"①。1932年，老舍创作了长篇小说《猫城记》，开始重点关注"国民性"问题，其写作倾向开始逐渐向五四新文化运动所提倡的启蒙文学靠拢，对中国传统文化中所蕴含的恶劣的"国民性"进行批判。与其他中国现代作家不同的是，老舍不是站在一个知识分子的立场上进行批判，而是站在普通市民阶层的立场上进行审视、反思和批判，这种批判中带着一种绝望，但是对革命运动不免也有些偏颇和歪曲，并在某种程度上对革命者进行了嘲讽，这与老舍思想中的自由主义和无政府主义有关。"《猫城记》，据我自己看，是本失败的作品，它毫不留情面地显出我有块多么平凡的脑子。"1934

---

①　老舍：《我怎样写大明湖》，《宇宙风》1935年第1期，第234页。

年，长篇小说《离婚》描述了国民党政府公务员的无聊、庸俗、琐屑的"灰色"日常生活，借此暴露了政府的腐败和黑暗，以及特务制度的罪恶。小说对人物的自私、庸俗、相互倾轧和苟且偷生进行了尖锐的嘲讽和批判，老舍逐渐改正了油滑的腔调，作品的深度和厚度也有所提升。1936 年之前，老舍创作了《黑白李》《微神》《断魂枪》《月牙儿》等优秀的短篇小说，大部分收录在《赶集》《樱海集》《蛤藻集》等短篇小说集中。《柳家大院》描述出北平大杂院内居民的苦难生活；《牺牲》揭露了一群留美回国的知识分子卖国求荣的丑恶本相；《月牙儿》则描写了两代母女被逼为娼的凄惨经历；《上任》描绘了土匪头子转而成为稽查长后，继续犯罪的事实，为被侮辱与被损害者鸣不平；《断魂枪》呈现了传统与现代在个体精神世界的冲突和对峙，从中表现出时代的变动，显示了老舍高超的艺术水准。1936—1937 年，老舍创作了自己的长篇代表作《骆驼祥子》，标志着老舍创作的成熟。抗战开始以后，民族灾难对老舍创作产生了较大影响，"抗战改变了一切。我的生活与我的文章也都随着战斗的急潮而不能不变动了"[①]，老舍担任了中华全国文艺界抗敌协会的总务主任，担

---

① 老舍：《我怎样写通俗文艺》，载《老舍文集》第 15 卷，人民文学出版社 1990 年版，第 218 页。

负起宣传抗日的责任,在此期间,老舍创作了大量的大鼓词等通俗文艺作品,以及《残雾》《国家至上》《面子问题》《大地龙蛇》等剧本,以及长篇小说《火葬》。抗战后期,老舍对自己的创作进行了重新审视和反思,创作了长篇小说《四世同堂》《鼓书艺人》等长篇小说,《四世同堂》成为老舍现实主义文学创作的巅峰之作。1949年之后,老舍先后担任了中国文联副主席、中国作协副主席、北京市文联主席等职务,将写作视角转向对新中国和社会主义国家的赞颂,创造了话剧《龙须沟》,并被授予了"人民艺术家"称号。1950—1960年,老舍创作了一些政治性很强,但艺术性不是很高的作品,但也创作了话剧《茶馆》和小说《正红旗下》,《茶馆》成为中国现代文学史上的经典之作。通过"茶馆"这样一个公共空间,展示了旧北京社会形形色色的人物和故事,表现了中国50多年的历史变迁。《正红旗下》以老舍自己的人生经历为叙事原型,以北京满族旗人的生活习俗为表现对象,展现社会风俗和历史变迁。同时,对旗人生活中的不良习惯进行批判,但小说没能最终完成。1966年8月24日,老舍在"文化大革命"中投湖自尽。

1936年9月至1937年10月,老舍在《宇宙风》杂志上发表了长篇小说《骆驼祥子》,标志着老舍文学创作进入了一

第三章 中国现代文学的发展

个新的更高发展阶段,"作职业写家的第一炮"①。《骆驼祥子》讲述了北京一个人力车夫"三起三落"的凄惨人生经历。小说主人公祥子从农村来到北京,希望通过自己的辛勤劳动实现自己过上平凡而幸福生活的愿望,做一个依靠自己劳动生存的普通劳动者。祥子有着结实的身体、旺盛的精力和吃苦耐劳的品行,以及对自我生活梦想的不懈追求。经过 3 年的坚持和努力,他拥有了属于自己的一辆洋车。祥子希望通过这辆洋车使自己能够在北京生存下来。但军阀混战导致的社会动荡和混乱使祥子的生活仍然举步维艰,最终洋车被兵痞抢走。但却无意中得到了三匹骆驼,可以用来换钱再次买到自己的洋车,祥子再次燃起了生活的希望,"红霞碎开,金光一道一道的射出,横的是霞,直的是光,在天的东南角织成一部极伟大光华的蛛网;绿的田,树,野草,都由暗绿变为发光的翡翠……现在,他自由的走着路,越走越光明,太阳给草叶的露珠一点儿金光,也照亮了祥子的眉发,照暖了他的心。他忘了一切困苦,一切危险,一切疼痛;也不管身上是怎样褴褛污浊,太阳的光明与热力并没将他除外,他是生活在一个有光又热力的宇宙里;他高兴;他想欢呼"。祥子在得到自己的洋车以后,给曹

---

① 老舍:《我怎样写〈骆驼祥子〉》,载《老舍文集》第 15 卷,人民文学出版社 1990 年版,第 204 页。

先生拉包车，但曹先生有共产党嫌疑，祥子因此受到牵连，被反政府的特务敲诈，无奈祥子卖掉了自己的洋车，再次失去赖以生存的工具。他只能去地痞流氓刘四爷的洋车行里拉车，并违心地与刘四爷的女儿虎妞结婚，希望通过婚姻再次换取自己的洋车，虎妞用自己的积蓄为祥子买了一辆洋车，使祥子又燃起了生活的希望。但虎妞的死将祥子的梦想再次打破，为了料理虎妞丧事，祥子只好再次卖掉了自己的洋车，又成为一无所有的赤贫者。他朴素而简单的生活愿望"象个鬼影，永远抓不牢，而空受那些辛苦与委屈"。经历多次希望与失望、现实与梦想、美好与绝望之间的往复挣扎以后，祥子失去了最初的自信和坚持，开始放纵自己，偷盗、嫖娼、赌博成为祥子生活的重要内容，原来阳光、正直、善良的祥子逐渐堕落成一个孤魂野鬼。老舍想通过祥子的命运"由车夫的内心状态观察到地狱究竟是什么样子"[1]。

祥子是20世纪30年代中国社会中一个普通劳动者的典型代表，在他身上呈现出许多劳动者的品性，善良、乐观、纯洁、勤劳、积极和坚韧，只要生活仍然给他们一丝光亮，他们就会付出常人难以想象的艰辛和努力去争取实现自己的生活理

---

[1] 老舍：《我怎样写〈骆驼祥子〉》，载《老舍文集》第15卷，人民文学出版社1990年版，第204页。

想,他们能够忍受一切生活的苦难和命运的折磨,同时在他们的性格中也蕴含着一种反抗的情愫。刘四爷压榨车行工人的行为让祥子感到愤慨,并运用一些小动作对他进行报复;祥子拒绝高妈放高利贷的建议,认为这是在剥削劳动人民的血汗钱;祥子与虎妞结婚,但并不是想占有刘四爷的车行;祥子不愿意听从虎妞的建议去做小生意,他固执地认为"有了自己的车就有了一切",祥子唯一的梦想就是以自己的劳动获取生存的权利,而不想通过压迫和欺诈其他劳动者去生活;祥子因为曹先生被孙侦探敲诈了所有积蓄,但祥子仍然记着曹先生的委托,只因为曹先生说他是一个好人;虽然祥子自己贫苦,但仍然关心老马和小马祖孙两代。但这样善良、勤劳和淳朴的祥子却变成了"刺儿头",走上了堕落的道路。"苦人的懒是努力而落了空的自然结果,苦人的耍刺儿含有一些公理""人把自己从野兽中提拔出,可是到现在人还把自己的同类驱到野兽里去。祥子还在那文化之城,可是变成了走兽。一点也不是他自己的过错"。[①]

祥子的人生经历和形象转变主要有几个方面原因。第一,军阀混战引起中国社会的动荡不安、民不聊生,底层民众在这样的时代环境中时刻处于兵痞、土匪、流氓和特务的压榨中,

---

[①] 老舍:《骆驼祥子》,北京师范大学出版社2014年版,第222页。

使他们难以实现自己最卑微的生存愿望。第二，资本操控着中国社会，无论是大资本家还是小工厂主层层剥削和压榨普通民众，祥子不但要承受车行老板刘四爷的欺压，还要忍受杨先生、杨太太的侮辱及夏太太的勾引，这些都给祥子的肉体和精神带来了极大的伤害。第三，祥子在与虎妞的婚姻生活中始终处于被控制和摆布的地位，他们之间没有爱情，祥子陷入了虎妞精心设下的陷阱。婚后，虎妞好吃懒做、性格跋扈，具有极强的支配欲和控制欲，他们在生活理念、生活方式和生活态度上存在极大的差异，因此，祥子感到精神的痛苦。第四，祥子所信奉的个人主义奋斗方式为祥子的人生悲剧留下了祸根。祥子虽然具有中国农民的美德，但同时也保留了中国农民性格的弱点，自私狭隘、愚昧麻木，加之长期在市民阶层中生活，对摆脱生活困境，有着超越他人的更为强烈的欲望。因此，他在日常生活中只关心自己的洋车，缺乏对现实生活的认知使他经常陷入困境中；他常常忽略身边的同类人，致使自己没有朋友，经常感到孤独和寂寞；他经常认为自己陷入生活困顿和凄惨境遇是因为自己的命运不济；他想反抗压迫，但方式和手段又局限于一些小把戏；他只能在个人主义的道路上越走越远，最后成为一个孤魂野鬼。"干苦活的打算一个人混好比登天还难。一个人能有什么蹦儿？看见过蚂蚱吗？独自个儿也蹦得怪远的，可是叫小孩逮住，用线儿拴上，连飞也飞不起来。赶到成了群,打成阵,哼,一阵就把整顷的庄稼吃光,谁也没法儿治他们!"① 可以说,祥子的悲剧,既是个人的悲剧,也是社会的悲剧,更是整个阶层、整个时代的悲剧,老舍就是要通过这个悲剧引起读者的进一步思考。

第四节 巴金:青春的激情与悲叹

巴金(1904—2005),原名李尧棠,字芾甘,出生于四川成都一个封建官宦家庭。巴金的成长环境优越,母亲温厚细致,让他随时体会到爱与幸福。"她很完满地体现一个'爱'字。她使我知道人间的温暖;她使我知道爱与被爱的幸福。她常常用温和的口气,对我解释种种的事情。她教我爱一切的人,不管他们贫或富;她教我帮助那些在困苦中需要扶持的人;她教我同情那些境遇不好的婢仆,怜恤他们,不要把自己看得比他们高,动辄将他们大骂。"② 但母亲和父亲的相继病逝使巴金遭受了人生的巨大变故。父亲的死"使这个富裕的大家庭变成一个专制的大王国。在和平的、友爱的表面下我看见了一个仇恨的倾轧和斗争;同时在我的渴望自由发展的青年的精神上,

---

① 老舍:《骆驼祥子》,北京师范大学出版社2014年版,第217页。
② 巴金:《短简·我的几个先生》,载《巴金全集》第13卷,人民文学出版社1990年版,第15页。

'压迫'象沉重的石块重重地压着"①。巴金这种对家庭由爱到压抑的情绪体验主要来自于封建家庭的专制对青年自由思想和个性解放需求的打压，来自封建家庭行将崩溃前的内部纷争和相互倾轧。在这样的大家庭中，巴金看见的是兄妹之间的撕扯、父子之间的欺骗、主仆之间的仇恨，以及它的荒诞、堕落和分崩离析。因此，巴金将关注的焦点从封建家庭内部转向广阔的社会生活，希望能够在社会上寻找新的人生出路。

随着五四新文化运动的展开，西方各种文艺思潮大量涌入中国，这其中无政府主义的思想，引发了巴金浓厚的兴趣。巴金最先接触的是无政府主义思想家克鲁泡特金，在阅读了克鲁泡特金的《告少年》之后，他对无政府主义的态度开始由关注转向研究。但巴金对无政府主义思想并非全盘接受，中国社会无产阶级革命运动的发展，以及俄国民族民粹主义和革命思潮在中国的传播，使巴金对俄国人民为了民族解放和个性自由而斗争的精神和行为深感佩服。因此，巴金的无政府主义思潮中掺杂着民粹主义和革命的内容，"巴金所接受的只是无政府主义那些一般的抽象的思想影响，即反对一切束缚，无论是政治的、经济的或道德上的；要求个性解放，即那'万人享乐

---

① 巴金：《家庭的环境》，载《巴金选集》第10卷，四川人民出版社2002年版，第57页。

的新社会'。……这些思想影响大大地加强了和鼓舞了巴金反对旧制度旧礼教的信心和勇气,帮助了巴金民主主义思想的发展和巩固"①。因此,巴金的小说总是充满无政府主义式的激情和终极诉求。1927年,巴金赴法国留学,在此期间,中国的北伐战争取得了胜利,但却并没有达成革命的初衷和意愿,这使巴金感到极大的痛苦。同时,他信奉的无政府主义思想代表人物萨柯和樊塞蒂在美国被判处死刑,使巴金对残酷的现实和革命斗争产生了怀疑。

在这种矛盾和痛苦之中巴金创作了长篇小说《灭亡》,小说以1926年北伐战争之前的上海为背景,主人公杜大心在国家内忧外患、社会动荡不安、民不聊生和自我曲折命运的多重压力下,性格变得孤僻、抑郁,对国家、社会和自我未来持悲观态度。他渴望得到爱情,但爱情与革命发生冲突,让他必须放弃爱情;他热衷于革命活动,却在为革命运送传单的过程中被捕,并且,与其一起行动的张为群不幸牺牲;他决心去刺杀严司令,反而因此葬送了性命。《灭亡》的出版在社会上引起了极大的反响,尤其是对社会青年产生了重要影响,成为当时炙手可热的畅销书。在某些方面,《灭亡》已经展现了巴金小说创作的某些特征和弱点:小说情节过于简单,人物形象不具

---

① 扬风:《巴金论》,《人民文学》1957年7月号。

有典型性，主题设置单一，小说概念化、公式化和模式化痕迹明显。1929—1949年，巴金共创作了《家》《春》《秋》《雾》《雨》《电》《憩》《第四病室》《寒夜》等18部中长篇小说，《复仇集》《电椅集》《将军集》《沉默集》《神·鬼·人》《沦落集》《发的故事》等12部短篇小说集，《海行》《旅途随笔》《巴金自传》《点滴》《家书——巴金萧珊书信集》《再思录》《随想录》等散文集16部。

巴金的前期代表作是由《雾》《雨》《电》3个中篇组成的《爱情三部曲》。《雾》的主人公周如水是一个进步青年，他渴望冲破封建专制文化的束缚，追求个性解放和民主自由，但在他的思想中始终残留着封建传统观念，性格中缺乏果敢、坚毅、无所畏忌的特征，因此，始终无法突破和重建自我。《雨》表现了主人公吴仁民与两位女性之间的爱情纠葛，在小说的铺陈过程中多次出现对革命发展方向和道路问题的谈论，但小说仅限于理论的纷争，并没有给出具有建设性意义的回答。《电》围绕E城的革命与反革命之间的斗争展开，映射出国民党和革命者之间的斗争。主人公吴仁民在E城遇到了李佩珠，李佩珠对革命信仰和革命理想怀有真诚的态度，但对社会现实却认识不足，无法承受残酷现实的重压。在经历了一系列挫折之后，李佩珠从幼稚走向了成熟，并和吴仁民产生了真正的爱情。《爱情三部曲》包含了巴金对革命以及对中国社会发

第三章　中国现代文学的发展

展道路等一系列问题的思考,"作品探讨了革命的战略、战术、方式、道路,思考了革命者的人生观、政治观以及他们对友谊、婚姻、爱情、家庭等多方面的态度,涉及问题异常广泛,因此是一部巴金心目中所认为的革命者的'生活教科书'"①。

20世纪30年代中后期,巴金进入创作高峰期,无论是长篇小说创作还是短篇小说创作都取得了优异的成果。这些小说所涉及的题材和表现的主题非常广泛:"不仅是一个阶级,差不多全人类都要借我的笔来倾诉他们的痛苦了。他们是有这权利的。在这时候我还能够絮絮地象说教者那样说什么爱人,祝福人底话么""啊!你伟大的作家哟"!② 在这些小说中,巴金习惯以"我"的叙述视角来讲述故事,注重对人物精神世界的探寻,以个体精神动态透视社会的发展和变迁,小说叙事结构略显复杂,往往采用故事套故事的方式,但主题仍然比较单一。40年代,巴金创作了中篇小说《憩园》《第四病室》和长篇小说《寒夜》等优秀作品。《憩园》延续了《激流三部曲》的叙事模式和叙事主题,描写封建大家族的黑暗、堕落到崩溃;《第四病室》则以"疾病"隐喻中国社会现状,寻找中国社会的矛盾和症结,

---

① 朱栋霖:《中国现代文学史1917—2000》,北京大学出版社2007年版,上册,第185页。
② 巴金:《光明集·序》,载《巴金全集》第9卷,人民文学出版社1990年版,第161页。

以及解决这些问题的出路。《寒夜》是一部非常优秀的现实主义长篇小说,主人公汪文宣和曾树生是大学同学,他们拥有美好的希望和理想:办一所"乡村化、家庭化"的学校,通过教育来拯救社会,以自己的知识为社会做出自己的贡献。但抗战爆发后,他们逃难到重庆,汪文宣在一家文具图书公司做校对,曾树生凭借自己的姿色在银行做"花瓶",生活过得艰辛而平淡。汪文宣的母亲与曾树生之间的矛盾和积怨很深,汪文宣无力调和二者之间的矛盾,且又患上肺病,家庭生活陷入困顿中。最后,曾树生放弃了家庭,跟银行经理乘飞机出游,汪文宣因疾病而亡,汪母带着孙子返回昆明老家,当曾树生再次回到重庆时,一切已经变得物是人非,让人唏嘘感伤。

长篇小说《家》是"激流三部曲"的第1部,是巴金长篇小说的代表作,也是中国现代文学史上最畅销的长篇小说之一。《家》描写的是一个封建大家族的故事,成为中国社会的隐喻。在这个封建家庭里有主人、有奴仆,他们之间界限分明、尊卑有序,严格的等级制度犹如封建社会等级制度的微缩。在这个封建大家庭中,高老太爷是权力和地位的象征,处于权力等级的最顶层,在高老太爷的内心中,金钱和权力是至高无上的,这使其能够维护在这个封建大家庭中的地位。他依靠金钱来维系自己与子女和儿孙之间的关系,让他们能够过着纸醉金迷的腐败生活,从而屈服于自己的权威:"整个一大家人都听他的话。"他利用自己的权利镇压家庭内部任何反抗性因素，把接受五四个性解放思想，反对封建压迫的觉慧关在家里，不允许觉慧参加任何学生运动；他干涉觉民的婚姻，以利益交换代替觉民对琴的爱情，强迫觉民与孔教会长冯乐山的孙女结婚。在高老太爷的意识中，他所有的观念和行为全部符合封建伦理道德，他在这个家庭中的地位是理所当然和无可厚非的。但是，辛亥革命和五四新文化运动的发生已经动摇了中国的封建社会结构，高老太爷事与愿违，"他的钱只会促使儿子们灵魂的堕落，他的专制只会把子孙们逼上革命的路。他更不知道他自己后代在给这个家庭挖墓"。他的儿子克安和克定利用高老太爷的金钱吃喝嫖赌、腐化堕落，甚至发展到变卖家产的地步。当高老太爷知道事情真相以后，"一种从来没有感到过的悲哀突然袭来，很快地就把他征服了""他的努力只造成了今天他自己的孤独。今天他要用他最后挣扎来维持这个局面，也不可能了"。这种孤独和绝望感一方面来源于封建家庭内部的背叛和分崩离析，一方面来源于高老太爷与时代的隔阂，他已经彻底被时代所抛弃，生活在自己营造但已经风雨飘摇的封建城堡里。更重要的是，以觉慧为代表的觉醒青年开始同这个封建家庭决裂，走上了叛逆和反抗之路："'够了，这种生活我过得够了'，觉慧又接下去说。他愈往下说，愈激动，脸都挣红了：'大哥为什么要常常长吁短叹？不是因为过不了这种绅士的生活；受不了这种绅士家庭中间的闲气吗？这是你们都晓得的……我们这个大家庭，还不曾到五世同堂，不过四代人，就弄成了这个样子。明明是一家人，然而没有一天不在明争暗斗。其实不过是争点家产！……'""就是这个绅士的家庭，它使他不能够得到他所要的东西，所以他更恨它"。巨大的时代潮流和青年的觉醒使这个封建大家庭的解体已经成为不可挽回的事实。

《家》在中国现代文学史上产生了重要影响，一方面它契合了五四新文化运动提倡的启蒙主题，另一方面，它在文学审美特征上也取得了突破。虽然巴金选择一个封建大家庭作为故事核心，但它并没有刻意追求那种宏大的叙事和繁复的故事构架，而是在横向和纵向两个层面上展现了封建家族的衰败，通过对觉新、觉慧、觉民3个青年命运的描述，彰显了中国社会的历史变革，从而使小说构成一个完整的有机体。与同时代其他作家相比，巴金很少站在一个旁观者的角度，采取客观、冷静的态度去讲述一个故事，而是将自我主观情感毫无掩饰地加入小说之中，于小说中的人物情绪发展具有同构性和同一性，因此，巴金的小说总是充满一种生命的激情。

"他的小说是青春的乐章，是炽热欲燃的至情文学，是'五四'以后二三十年间时代激情和青春情绪的历史结晶。在那个困难煎熬着觉醒、毁灭孕育着新生的时代，一个热血青年很难不受这类作品中感情的洪流的影响。"① 尤为特别的是，巴金的小说中蕴含着基督教色彩和宗教意识，巴金小说所体现出来的博爱精神、忏悔意识、救赎意识、牺牲精神都有着明显的宗教痕迹，正如巴金自己所言："有信仰，不错！我的第一部创作《灭亡》的序言的第一句话就是：'我是一个有信仰的人。'"② 尤其是在巴金晚年时期创作的《随想录》具有强烈的宗教意识和情怀。

第五节 沈从文：湘西世界的歌者

沈从文（1902—1988），原名沈岳焕，出生于湖南湘西凤凰县的一个军人家庭。家庭出生和成长环境对他的文学创作有着根深蒂固的影响，"他的曾祖母和祖母都是苗族，母亲是土家族，身上混合着湘西边地军人和少数民族的血液。他的血脉和他生长的地方，对他后来的创作和人生道路产生了最基本的影响。就与故乡关系的紧密程度而论，在中国现代作家中，如沈从文这种情形是比较罕见的"③。沈从文的故乡凤凰是以苗

---

① 程光炜等著：《中国现代文学史》第 3 版，北京大学出版社 2011 年版，第 208—209 页。
② 巴金：《爱情的三部曲——作者的自白》，《大公报》1935 年 12 月 1 日。
③ 严家炎主编：《二十世纪中国文学史》，高等教育出版社 2010 年版，中册，第 15 页。

族为主的少数民族聚集地,同时地处湘西、黔北和川东的交汇处,因此,凤凰是苗族、回族、土家族和汉族等多种民族文化相互交织的集合体,不同种族的文化在此相互影响,生成了凤凰独特的文化形态。同时,凤凰的历史尤为独特,是清政府为了统治苗民而建设的边塞要地,曾经对这些边民实行施了残酷压迫和血腥屠杀,长此以往,凤凰土著居民对这种压迫下的苦难生活和残忍行为似乎习以为常,并逐渐演化为一种别样的生活方式和生存状态。作为出生和成长于此的沈从文也同样如此,对砍头、杀人、战争等场面已经习以为常。沈从文在《从文自传中》就对日常生活中自己经历和体验的杀人场景进行过描述:"关于杀人的纪录日有所增,我们却不必出去捉人,照例一切人犯大多数由各乡区团总地主送来。我们有时也派人把团总捉来,罚他一笔钱又再放他回家。地方人民既非常蛮悍,民三左右时一个黄姓的辰沅道尹,在那里杀了约两千人,民五黔军司令王晓珊,在那里又杀了三千左右,现时轮到我们的军队作这种事,前后不过杀二千人罢了!"[1] 除了残酷的历史和压抑的日常生活以外,凤凰优美的自然风光和独特的地理风貌使沈从文产生了一种独特的自然观和生态观,沈从文

---

[1] 沈从文:《从文自传·清乡所见》,载《沈从文全集》第13卷,北岳文艺出版社2002年版,第306页。

第三章　中国现代文学的发展

认为自然万物具有如人一般的生命，在自然界中个体可以获得前所未有的生命体验，在自然界中汲取的丰富知识是在旧式教育和新式教育中无法获得的，自然教育和社会教育是永无止境、不断变化，而且永远具有新鲜感的。"我生活中充满了疑问，都得我自己去找寻解答。我要知道的太多，所知道的又太少，有时便有点发愁。就为的是白日里太野，各处去看，各处去听，还各处去嗅闻：死蛇的气味，腐草的气味，屠户身上的气味，烧碗处土窑被雨淋以后放出的气味，要我说来虽当时无法用言语去形容，要我辨别却十分容易。蝙蝠的声音，一只黄牛当屠户把刀劐进它喉中时叹息的声音，藏在田塍土穴中大黄喉蛇的鸣声，黑暗中鱼在水面泼剌的微声，全因到耳边时分量不同，我也记得那么清清楚楚。因此回到家里时。夜间我便做出无数希奇古怪的梦。这些梦直到将近二十年后的如今，还常常使我在半夜时无法安眠，既把我带回到那个'过去'的空虚里去，也把我带往空幻的宇宙里去。"①

1923 年，沈从文开始正式发表作品，相继出版了《老实人》《蜜柑》《雨后及其他》《神巫之爱》《龙朱》《旅店及其他》《石子船》《虎雏》《阿黑小史》《月下小景》《八骏图》

---

① 沈从文：《从文自传·我读一本小书同时又读一本大书》，载《沈从文全集》第 13 卷，北岳文艺出版社 2002 年版，第 254 页。

《如蕤集》《从文小说习作选》《雪晴》《新与旧》《主妇集》《春灯集》《阿丽思中国游记》《边城》《长河》《萧萧》《三三》等小说集，《从文自传》《湘行散记》《湘西》《烛虚》《云南看云集》等散文集，和《从文赏玉》《唐宋铜镜》《龙凤艺术》《战国漆器》《中国古代服饰研究》等学术著作，成为中国现代文学史上最重要的作家之一，并以"乡下人"的身份书写了中国现代文学史上的传奇。"乡下人"不仅仅是沈从文的自我认同，"乡下人"所携带和表征的乡土文化及其一整套独特的人生体验成为沈从文文学创作的文化背景、精神资源、思想根源、美学趣味和文学理想，湘西世界的生命形态、生活方式、民风民俗和社会生活始终占据着沈从文文学创作的中心位置。小说《萧萧》《柏子》《丈夫》《灯》《会明》等，塑造了一系列"乡下人"形象，沈从文一方面站在城乡二元对立的视角上，对"乡下人"善良、真挚、纯洁的人性美进行赞颂，另一方面对他们在现实生活中所承受的苦难，以及无力掌控自己命运的现状发出悲叹。沈从文以"乡下人"为依托一直在思考和探索个体生命的发展路径和理想状态。在《神巫之爱》《龙朱》《阿黑小史》《边城》《长河》等小说中，沈从文将佛经故事和湘西现实生活融入其中，企图寻找一种未经世事驯化的原始生命力，这种生命力具有原始的自然性、蛮性、血性和野性，是重构中国少数民族传统文化的根基，是一条"礼失而求诸野"的道路。

　　小说《柏子》讲述了一个充满生命活力的年轻水手的故事。柏子生活在湘西,是一名终日在水上航行的水手,在水上的生活虽然艰辛而枯燥,但柏子依然乐观开朗,以宽广的心胸消融生活的苦难,在航船短暂的停靠码头期间,柏子选择去"吊脚楼"和暗娼们欢愉,"灯光多无数,每一小点灯光便有一个或一群水手在那里谈天取乐。灯光还来不及塞满此小房,快乐却将水手们胸中塞紧……他们尽管诅咒着,然而一颗心也依然摇摇荡荡上了岸,且不必冒滑滚的危险,全各自以经验为标准;把心飞到所熟习的吊脚楼上去了。……他们的生活就是这样。若说这生活还有使他们在另一时回味反省的机会,仍然是快乐的罢,这些人的心,可说永远是健康的,在平常生活中,缺少眼泪却并不缺少欢乐的承受"。从沈从文的描写中我们可以感受到生活在湘西世界中的水手们是如此的自然、纯真和健康,他们与妓女的偷欢让人感受不到情色交易的肮脏和龌龊,而是男女之间爆发的原始生命力,以及掩藏在背后的依恋和期盼。《萧萧》的主人公萧萧是个童养媳,在进入婆家的时候只有十二岁,仍然是个少女,她的丈夫只有三岁,还是个乳臭未干的孩子。当萧萧长到可以与丈夫成亲的时候,却不幸被婆家的雇工奸污,为了避免受到"沉潭"的惩罚,萧萧的叔叔决定将其卖到别处,但苦于没有合适的下家,因此,萧萧只能生下孩子，婆婆也不忍将萧萧抛弃，同意与丈夫结婚、圆房。这一个悲惨女性的故事在沈从文的眼中并不是一个关于启蒙、国民性批判的故事，沈从文也没有将萧萧的婆婆放置在封建传统文化和专制主义的框架内进行审视和批判，萧萧所承受的一切都来源于命运的安排，是自然选择的结果，一切个体都无法逃离命运，"不过因为每一个作者，每一篇作品，皆在'向社会即日兑现'意义下产生，由于批评者的阿谀与过分宽容，便很容易使人以为所有轻便的工作，便算是把握了时代，促进了时代，而且业已完成了这个时代的使命。——简单一点说来，便是写了，批评了，成功了。同时节自然还有一种以目前事功作为梯子，向物质与荣誉高峰爬上去的作家，在迎神赶会凑热闹情形下，也写了，批评了，成功了。虽时代真的进步后，被抛掷到时代后面，历史所遗忘的，或许就正是这一群赶会迎神凑热闹者。但是目前，把坚致与结实看成为精神的浪费，不合时宜，也就很平常自然了"[①]。

与"乡下人"相对应，沈从文也塑造了一系列城市人形象，但在城市人身上沈从文却抽空了"乡下人"的真诚、善良和美好，在他眼中，城市人虚伪、堕落、扭曲，与"乡下

[①] 沈从文：《凤子·题记》，载《沈从文全集》第7卷，北岳文艺出版社2002年版，第80页。

第三章 中国现代文学的发展

人"形成鲜明的对比。在这类题材中,沈从文一是揭露上层社会的堕落腐化生活,二是嘲讽教授、学者、作家等高级知识分子。小说《绅士的太太》描写了豪门巨族家庭生活的糜烂,一位绅士太太被邀请去废物绅士家打牌,偶然中发现废物绅士的三姨太与大少爷的奸情,为了掩盖自己的奸情不被揭发,三姨太和大少爷合谋将绅士太太引入设计好的圈套中,大少爷成功勾引到绅士太太,三个人过着淫乱生活,绅士太太还为大少爷生下一个私生子。正如沈从文在小说前言中所写:"我不是写几个可以用你们石头打他的妇人,我是为你们高等人造一面镜子。"小说《八骏图》讲述了客居青岛大学的达先生与身边七位教授的故事,描述了教授们的虚情假意、矫揉造作的生活,他们始终生活在虚伪的世界中,不敢正视自己内心世界的真正诉求,被所谓的伦理道德所束缚,失却了冲破一切追求自由的勇气和能力。他们表面上饱读诗书但私下却渴望过淫荡生活,他们以君子自称实质上却男盗女娼,他们以启蒙者自居精神上却处处是顽疾。

长篇小说《边城》是沈从文的代表作,也是中国现代文学史上的经典作品,著名文学批评家李健吾称《边城》"便是这样一部 idyllic 杰作。这里一切是谐和,光与影的适度配置,什么样人生活在什么样空气里,一件艺术作品,正要叫人看不出是艺术的。一切准乎自然,而我们明白,在这种自然的气势之下，藏着一个艺术家的心力。细致，然而绝不琐碎；真实，然而绝不教训；风韵，然而绝不弄姿；美丽，然而绝不做作。这不是一个大东西，然而这是一颗千古不磨的珠玉。在现代大都市病了的男女，我保险这是一付可口的良药"①。在某种意义上说，《边城》是湘西边地的民风民俗、人性人情、生活状态、社会情境的审美综合体，同时也是沈从文的审美趣味、精神趋向和人生诉求的集中体现。《边城》成为沈从文文学创作所构筑的湘西世界的基石和本色。"我们家乡所在的地方，一个学习历史的人，会知道那是'五溪蛮'所在的地方。这地方直到如今，也仍然为都会中生长的人看不上眼的。假若一种近于野兽纯厚的个性就是一种原始民族精力的储蓄，我们永远不大聪明，拙于打算，永远缺少一个都市中人的兴味同观念，我们也正不必以生长到这个朴野边僻地方为羞辱。"②《边城》的创作动机，沈从文也有清晰的表述："我要表现的本是一种'人生的形式'，一种'优美，健康，自然，而又不悖乎人性的人生形式'。我主意不在领导读者去桃源旅行，却想借重桃源上行七百里路酉水流域一个小城小市中几个愚夫俗子，被一件人事牵连在一处时，各人应有的一份哀乐，为人类'爱'

---

① 刘西渭：《〈边城〉与〈八骏图〉》，《文学季刊》1935 年第 2 卷第 3 期。
② 沈从文：《记胡也频》，载《沈从文全集》第 13 卷，北岳文艺出版社 2002 年版，第 7 页。

字作一度恰如其分的说明。"① 沈从文的终极目的是想造一座"希腊小庙",那小庙里供奉着"人性"。

《边城》的故事情节并不复杂,讲述了掌管码头的团总的两个儿子天保、傩送和老船夫的孙女翠翠的情爱纠葛,但故事的结局却有些悲伤和凄凉,天保为爱葬送了自己的性命,傩送为爱选择离家出走,老船夫也在一个暴风雨之夜孤独地死去。但沈从文并没有把这个故事简单的设置成一个关于儿女情长的爱情悲剧,在这个爱情故事中衍生出翠翠和老船夫相依为命的故事、翠翠的母亲悲惨命运的故事、茶峒日常生活的故事等。在多种故事交织中,融入了许多地方性的知识。沈从文在作品中对人、人性、命运、存在、死亡、时间、意义等多种本体性和本源性的问题进行了思考和探寻。这些故事和命题全部从湘西世界中生发出来,具有鲜明的地域色彩。或者说,沈从文企图将湘西封闭起来,在其中营造一个只属于湘西的关于人和世界的美好想象。例如,小说的女主人公翠翠与茶峒的自然风光天然地融为一体,大自然赋予了翠翠天然的纯净和清澈,她美丽、善良、真挚、热情,当她清醒地意识到自己深爱的人是傩送的时候,便坚守这份爱情,无论傩送是否能够回来,她都义

---

① 沈从文:《习作选集代序》,载《沈从文全集》第9卷,北岳文艺出版社2002年版,第5页。

无反顾地等待着。在翠翠身上隐含了沈从文对理想和人性的全部诉求,"一个玲珑的灵魂"是沈从文理想的爱和美的化身。小说中的老船夫宽广、豁达,历经世事沧桑,依然保持着对生活的热爱和真诚。天保无论对待生活还是对待爱情都是那么的宽容,傩送对爱情的执着和专一更让人感动。这些人物性格中的美好因素正是沈从文所一直追求的理想的人生形式,"他所有的人物全可爱。仿佛有意,其实无意,他要读者抛下各自的烦恼,走进他理想的世界,一个肝胆相见的真情实意的世界。人世坏吗?不!还有好的,未曾被近代文明沾染了的,看,这角落不是!——这些可爱的人物,各自有一个厚道然而简单的灵魂,生息在田野晨阳的空气里。他们心口相应,行为思想一致。他们是壮实的,冲动的,然而有的是向上的情感,挣扎而且克服了私欲的情感。对于生活没有过分的奢望,他们的心力全用在别人身上:成人之美"①。

《边城》中翠翠、老船夫、天保、傩送、顺顺等人的人性、人情之美不是一个个案,而是茶峒的一种普遍状态。茶峒民风古朴,生活在这里的人们注重人与人之间的真挚情感和相互信任,无论是地位高低、生活贫贱都遵守这种崇高的行为准则:"这里是山水,是小县,是商业,是种种人,是风

---

① 刘西渭:《〈边城〉与〈八骏图〉》,《文学季刊》1935 年第 2 卷第 3 期。

俗,是历史又是背景。在这真纯的地方,请问,能有一个坏人吗?在这光明的性格,请问,能留一丝阴影吗?"① 人与人之间信奉人性之爱,两性之爱、父子之爱、朋友之爱、兄弟之爱,爱将人世间所有的黑暗、不公、欲望都消除和包容。茶峒仿佛是一个世外桃源,能够安放各种不安灵魂的诗意栖居之所,足以让人的灵魂安静下来,享受自然之美。这与中国社会腐朽、堕落的现实形成鲜明对比,也是中国社会和个体人性伦理重建的参照和坐标。但《边城》同时也笼罩着一层厚重的悲凉,这种人性之美和田园牧歌式的理想生活状态正在逐渐消隐,在传统与现代的对峙和冲突中难免走向失败和毁灭。在小说结尾,作为茶峒及其文化体系隐喻和象征的白塔在祖父死去的那个夜晚轰然坍塌,作为湘西美好世界的象征的白塔的崩塌,意味着一种理想生活状态的消亡。"慈祥的祖父去世了,健壮如小牛的天保淹死了,美丽的白塔坍塌了,姑娘的情人出走了'也许永远不回来了',善良天真的翠翠,在挣扎不脱的命运中再一次面临了母亲的悲剧,翠翠那一双'清明如水晶'的眸子,不得不'直面惨淡的人生'。溪水依然在流,青山依然苍翠如烟,可是一个诗意的神话终于还是破灭了。这个诗意神话的破灭虽无西方式的剧烈的戏

---

① 刘西渭:《〈边城〉与〈八骏图〉》,《文学季刊》1935年第2卷第3期。

剧性，但却有最地道的中国式的地久天长的悲凉。"①

第六节　曹禺：现代话剧艺术的成熟

曹禺（1910—1996），原名万家宝，湖北潜江人，出生于一个封建官宦家庭。曹禺的父亲曾在北洋军阀政府任要职，与北洋军阀政府官员多有往来，因此，曹禺能够在家庭生活中接触到上流社会人物，了解这些人物腐败堕落的生活方式和道貌岸然的本性，这些生活积累为《雷雨》《日出》《北京人》的写作提供了现实素材。同时，曹禺的母亲酷爱戏曲，曹禺经常陪同母亲出入戏院，长期的耳濡目染让他对戏剧产生了浓厚的兴趣，对中国传统戏剧尤为痴迷，"戏原来是这样一个美妙迷人的东西"，为曹禺戏剧创作打下了根基。1922年，曹禺进入天津南开中学学习，在此期间，开始真正接触和体会西方现代戏剧，并在南开业余话剧团南开新剧团做演员。主演了《娜拉》《国民公敌》《织工》《争强》《压迫》等现代话剧，长期的戏剧演出实践培养了曹禺对现代戏剧舞台的直接体验，这种实践性的参与为曹禺的现代戏剧创作打下了坚实的基础。1930年曹禺进入清华大学西洋文学系，在此期间，他接触和阅读了

---

① 李锐：《沈从文：另一种纪念》，《读书》1998年第2期。

大量西方戏剧作品,尤其是古希腊的埃斯库罗斯、索福克勒斯和欧里庇得斯三大悲剧作家的戏剧作品,对古希腊戏剧作品中的神秘主义、血缘关系、因果报应和悲剧宿命等要素进行了深入研究。同时,学习莎士比亚戏剧中多样的人性、精巧的结构、温情的叙述和人道主义主题等。也对契诃夫、易卜生、奥尼尔、斯特林堡、霍普斯曼、梅特林克等西方现代派戏剧作家表现出浓厚兴趣,"这样丰富的戏剧活动实践,对西方戏剧文学和中国传统戏剧文学的深入了解,对封建大家庭生活的熟悉与憎恶,对人生命运的不可知的憧憬和探询"① 使曹禺的戏剧创作呈现出独特的审美气质。1933 年曹禺创作了话剧《雷雨》,1934 年发表后产生了重要影响,成为中国现代戏剧史上里程碑式的作品。1935 年曹禺发表了第 2 部戏剧《日出》,《雷雨》和《日出》不仅将曹禺的戏剧创作带上顶峰,同时也为中国现代戏剧创作确立了一个很高的起点和标杆,使之有了一个良好的开端。1936 年曹禺创作了第 3 部话剧《原野》,1938 年与宋之的共同创作了话剧《全民总动员》,1939 年创作了抗战题材剧本《蜕变》,1940 年曹禺创作了《北京人》,标志着曹禺戏剧创作进入到第 2 个高峰期。1942—1978 年,

---

① 严家炎主编:《二十世纪中国文学史》,高等教育出版社 2010 年版,中册,第 115 页。

曹禺相继创作和改编了《桥》《艳阳天》《明朗的天》《胆剑篇》《王昭君》《财狂》《正在想》《镀金》等戏剧作品。

虽然曹禺的戏剧创作数量不多，但《雷雨》《日出》《原野》《北京人》4部作品在整体上提升了中国现代戏剧创作的艺术水准。《雷雨》将五四前后30多年的故事集中在周家从早晨到午夜的舞台时间内展开，讲述了一个中国典型的封建资产阶级家庭及其内部的矛盾、冲突、堕落、腐朽和黑暗，也表现了一种势不可挡的冲破封建家庭束缚的新生力量。曹禺在戏剧中设置了多重矛盾冲突，在紧张和尖锐的冲突中展开故事：既有繁漪与周朴园之间的家庭专制与反专制之间的矛盾和对抗，又有繁漪与周萍之间的爱情、伦理和复仇之间的冲突，同时还有周萍与四凤之间的爱恨情仇，以及鲁大海为代表的工人阶级与资产阶级之间的阶级冲突，侍萍与周朴园之间始乱终弃的矛盾。在以周朴园为核心的周公馆集合了上述各种矛盾，这些矛盾一方面是曹禺对中国社会现实苦难和现实矛盾的戏剧呈现，同时也是作者在纷繁复杂的历史洪流中个体如何掌控自己命运的思考。另一方面表现了个体生命的渺小和不确定性，在宏大的历史和传统伦理社会中的宿命感，以及"对宇宙许多神秘事物的不可言喻的憧憬"[①]。因此，《雷雨》中的悲剧是侍

[①] 曹禺：《雷雨·序》，上海文化出版社1936年版。

萍、周朴园、繁漪、周萍等人物的悲剧,也是历史的、社会的、家族的悲剧,是一种无法逃脱的宿命。

《雷雨》中一共塑造了8个人物,他们来自地位和阶层差异很大的两个家庭,8个人物之间发生的关联、矛盾和冲突都与周朴园相关。周朴园作为周公馆的大家长和家族命运的掌控者,既是周公馆的核心人物也是矛盾和冲突的制造者。他与侍萍之间的旧情,构成了悲剧的历史根源,勾连出鲁大海与周朴园之间的阶级矛盾,鲁贵与四凤、侍萍之间的家庭矛盾。同时,周朴园与繁漪之间的爱恨,构成了悲剧的现实根源,牵连出周萍与繁漪之间的伦理矛盾,周萍与四凤之间的爱情矛盾,周冲与封建资产阶级家庭的矛盾。由此形成了《雷雨》的多重戏剧冲突:周朴园与繁漪之间的矛盾是女性要求个性解放与封建家庭的专制和压迫所导致的冲突,周朴园在剧中的形象完全是一副封建专制者的形象,"他约莫有五六十岁,鬓发已经斑白,带着椭圆形的金边眼镜,一对沉鸷的眼在底下闪烁着。像一切起家立业的人物,他的威严在儿孙面前格外显得峻厉。……他的脸带着经年的世故和劳碌,一种冷峭的目光和偶然在嘴角逼出的冷笑,看着他平日的专横,自信和倔强。……在阳光底下,他的脸呈着银白色,一般人说这就是贵人的特征。所以他才有这样大的矿产。他的下颔的胡须已经灰白,常用一只象牙的小梳梳理。他的大指套着一个扳指"①。繁漪与周萍的矛盾是作为追求独立自主的女性在遭遇现实生活的挫折和触碰伦理道德界限之后的精神异化,而周萍作为一个年轻人,其自身也存在着伦理失衡的矛盾和自我道德追求的悖论。这种异化是自由与专制、希望与绝望、爱情与伦理之间相互撕扯的结果。周朴园与侍萍之间的矛盾是上流社会的男性对底层女性的始乱终弃,包含了真诚与虚伪、背叛与压迫之间的矛盾。周朴园与鲁大海之间的矛盾则是赤裸裸的工人阶级和资产阶级之间的矛盾,鲁大海的人物形象体现出明显的左翼文学色彩。实际上,在所有的矛盾背后隐藏着曹禺的一种悲剧性的宿命观和神秘论:"在这斗争的背后或有一个主宰来管辖。这主宰,希伯来的先知们赞它为'上帝',希腊的戏剧家们称它为'命运',近代的人撇弃了这些迷离恍惚的观念,直截了当地叫它为'自然的法则'。而我始终不能给它以适当的命名,也没有能力来形容它的真实相。因为它太大,太复杂。我的情感强要我表现的,只是对宇宙这一方面的憧憬。"②

如果说《雷雨》是将30余年的故事集中在一天时间内来展现的话,那么,《日出》则在一个狭小的空间内呈现出都市

---

① 曹禺:《雷雨》,文化生活出版社1936年版,第89页。
② 曹禺:《雷雨·序》,上海文化出版社1936年版。

第三章 中国现代文学的发展

社会生活的腐烂和罪恶,喻示资产阶级不可避免地要走向衰亡的大趋势。只有工人阶级及其革命才能彻底改变陈腐的社会现状,给人民带来光明和希望,但是这种光明未来在《日出》中还只是一种想象和象征性的暗示。"我也愿望我这一生里能看到平地轰起一声巨雷,把这群蟠踞在地面上的魑魅魍魉击个糜烂,那怕因而大陆便沉为海。"①《日出》描写了日出之前漫长的黑暗,以及在黑暗中等待光明的急迫心态,"读完了《日出》,有人肯愤然地疑问一下:为什么有许多人要过这种'鬼'似的生活呢?难道这世界必须这样维持下去么?甚么原因造成这不公平的禽兽世界?是不是这局面应该改造或根本推翻呢?如果真地有人肯这样问两次,那已经是超过了一个作者的奢望了"②。从曹禺的陈述中可以看出《日出》已经由《雷雨》的家庭悲剧转向社会悲剧,人物描写也由家庭血缘关系转向各种人物组成的复杂的社会关系。在《日出》中妓女、银行经理、博士、流氓、茶房、富孀、面首等各式人物集体登场,他们的社会地位、教育背景、生活方式具有很大差异,但基本上可以划分为"有余者"和"不足者"两类人物:在金融市场上从事买空卖空生意的银行经理潘月亭、诡诈的银行高

---

① 曹禺:《日出·跋》,上海文化出版社1936年版。
② 同上。

级职员李石清、被女人和金钱俘获的洋奴张乔治、庸俗而风情的富孀顾八奶奶、地痞流氓黑三、操控金融市场和人们命运的金融寡头金八等均属于上流社会的人物，他们腐朽糜烂的生活与被贫困生活逼疯的银行小职员黄省三、依靠出卖身体而生存的翠喜、含冤而死的小东西等生活在社会底层的人物及其命运形成鲜明对比。《日出》以陈白露的生活作为叙事轴，各色人物在这里交集。围绕着这一核心人物铺展开三条主要线索：方达生想带走陈白露，小东西的被卖和死亡，潘月亭和李石清之间的争斗。

陈白露出生于书香世家，接受过良好的现代教育，但父亲的离世使她的家庭陷于窘境，也改变了她的人生轨迹，她一个人来到城市，开始了独自闯荡的生涯。作过交际花、电影明星、舞女。她也有自己纯洁的情史，曾经与一个诗人产生过真挚的爱情，但各自不同的生活方式和观念，给他们的爱情画上了句号。在《日出》中她是一个身份很复杂的交际花，周旋于上流社会的各色人物之间，但是在她的内心中却仍然保持着一份真挚和纯洁。她是一个矛盾体，生活在沉沦与上升、绝望与希望、黑暗与光明之间，内心始终处于矛盾和挣扎之中。她想远离纸醉金迷、腐朽堕落的生活，但为了生存又不得不犹疑于这个让人堕落的圈子中；她企图脱离那些道貌岸然、人面兽心的上流人物，但又没有能力摆脱他们的威逼利诱；她想彻底堕落，但又难以与这些人同流合污。对于陈白露而言，只有死亡才能让她的灵魂得到净化和升华。曹禺对陈白露精神和命运悲剧的刻画是深刻的、复杂的，也因此使陈白露成为中国现代戏剧史上继繁漪之后的另一个具有典型意义的女性形象。

第四章　中国现代文学的演进

第一节　战争语境下的文学转变

1937—1949年，中国进入长达12年的战争期，在此期间文学也不可避免地受到影响而呈现出新格局和新样态：一方面，抗日战争的全面爆发使国内的民族情绪和抗日救亡意识达到顶点和巅峰状态，文学成为宣传抗日救亡的主要载体和平台；另一方面，抗日战争的爆发并没有在根本上改变国共两党对立的政治格局，双方在文学上亦展开了争夺话语权的激烈交锋，矛盾的激化对中国现代文学的发展产生了重要影响，使之变得更加复杂和多元。首先，抗日战争和国内战争使中国版图划分为4个区域，即中国共产党建立的以延安为中心的解放区、被日本侵略者占领的沦陷区、国民党管辖的国统区和英、法等外国殖民者占据的上海孤岛。并由此划分出解放区文学、沦陷区文学、国统区文学和孤岛文学。4个区域在政治意识形态、文化语境、精神取向等方面存在明显的差异性，这使得中国现代文学在整体上呈现出多样的形态。其次，战争使文学与政治的关系变得更加紧密，不同区域、不同的执政者们都极为重视文学的意识形态性和话语权的争夺。各个文学区域之间的不同文学观念、文学理论与方法的论争表现得尤为充分。诸如，文学民族形式问题、战国策派问题、政治性与艺术性的关系问题、现实主义和主观论，等等。

国统区文学主要集中在民族大众化文学思潮和民族主义文学思潮两个方面。日本帝国主义入侵在某种程度上使中华民族的凝聚力得到强化，抗日救亡成为国家、民族的一致诉求，抗日统一战线的确立推动了国共两党在文艺战线上的统一。1938年3月27日，中华全国文艺界抗敌协会在武汉成立，郭沫若、茅盾、冯乃超、夏衍、胡风、田汉、丁玲、吴组缃、许地山、老舍、巴金、郑振铎、朱自清、郁达夫、朱光潜、张道藩、姚蓬子、陈西滢、王平陵等45人被推选为理事，以"把分散的各个战友的力量，团结起来，象前线将士用他们的枪一样，用我们的笔，来发动民众，捍卫祖国，粉碎寇敌，争取胜利"为宗旨，提出"文章下乡，文章入伍"[①]的口号。为了建设完整和全面的关于抗日救亡文学的理论体系，国统区文学界对文

---

① 老舍：《文章下乡 文章入伍》，《中苏文化》1941年第9卷第1期。

学与旧文艺、鲁迅杂文文风、文艺与抗战关系、歌颂与暴露、文艺的民族形式、文学的政治性与艺术性、现实主义与主观问题展开了积极讨论。

在上述理论论争之外，国统区文学创作也在同步进行，国统区文学初期创作带有明显的概念化、公式化和模式化倾向，将文学作为抗日救亡的宣传工具，而忽视了文学本身的审美性和艺术性，注重营造激烈的战争场面、塑造英雄形象，充满乐观主义、英雄主义和理想主义色彩。但随着抗日战争进入相持阶段，战争的残酷和艰辛使国统区作家开始反思之前的盲目乐观主义，将文学关注的焦点从战争、战场、英雄身上转移出来，进入中国社会现实、中国人民主体、中国传统、中国历史中寻找中国的新出路，文学主题集中在讽刺、暴露、反思、历史、民族、知识分子等方面，文学形式以长篇小说、长篇叙事诗、长篇纪实性报告文学、多幕戏剧为主。在这种转变下，国统区文学沿着3个向度展开：一是从中国民族历史和传统文化中探寻历史经验教训和重构现代中国的路径和方法，产生了以郭沫若的《屈原》为代表的历史剧创作高潮，以及萧红的《呼兰河传》、老舍的《四世同堂》、曹禺创作的《北京人》和改编的《家》等作品，从中国现实社会生活中发现中国人的"国民性"和精神顽疾，从批判和反思的视角去重建中国人的现代性；二是从中国现代知识分子的人生历程和现实境遇

第四章 中国现代文学的演进

出发,反思在战争时代背景下,探寻中国知识分子的出路和职责,产生了路翎的《财主底的儿女们》、沙汀的《困兽记》、李广天的《引力》、夏衍的《春寒》《法西斯细菌》、宋之地的《雾重庆》、陈白尘的《岁寒图》、艾青的《火把》等文学作品;三是对中国社会现实的腐朽、黑暗、荒谬进行否定、批判和讽刺,产生了丁西林的《三块钱国币》、陈白尘的《乱世男女》《结婚进行曲》《升官图》、宋之的的《群侯》、吴祖光的《捉鬼传》、钱锺书的《围城》、张恨水的《八十一梦》、袁水拍的《马凡陀山歌》、臧克家的《宝贝》[①] 等文学作品。

解放区文学在文学思潮和文学创作上则呈现出另一种状态。抗日战争爆发初期,随着延安革命根据地的建立,一大批知识分子为了理想和信仰奔赴延安,使延安的文学创作迅速繁荣。同时,各种文学组织和协会的成立又进一步促进了文学与文艺活动的展开。如:陕甘宁特区文化救亡协会、陕甘宁边区文艺界抗战联合会、晋察冀边区文化界抗日救国会、鲁迅艺术学院等。《边区文艺》《文艺突击》《大众文艺》《中国文艺》《文艺月报》等文学期刊和文学社团应运而生。同时,解放区作家队伍进一步扩大,形成新的格局:有原本就在解放区从事

[①] 钱理群、温儒敏、吴福辉:《中国现代文学三十年》,北京大学出版社1998年版,第502页。

创作的成仿吾、肖华、陆定一等作家；有从国统区、沦陷区转移过来的丁玲、周扬、何其芳、萧军、周立波等；有从苏联归来的作家；还有解放区自身培养起来的年轻作家，如赵树理、孙犁、贺敬之、马峰等。他们在救亡图存的共同目标下，自觉接受中国共产党的领导，在文学观念上提倡文学的政治性、阶级性和意识形态性，在创作理念上强调文艺的通俗性，讲求文学对传统文艺形式的借鉴，同时也注重对个体自我意识和独立精神的张扬。在这种文艺观念的指导下，产生了一批直接服务于政治，歌颂红军英勇抗战及民众觉醒的文学作品。报告文学、诗歌和戏剧成为这一时期的主要文学类型。同时，重新审视和反思革命发展过程中出现的一些问题，包括知识分子、工农大众自身存在的陋习和精神症结。丁玲的《我在霞村的时候》《在医院中》《干部洗衣服》《我们需要杂文》《三八节有感》，严文井的《一个钉子》，马加的《距离》，罗峰的《还是杂文时代》，王实味的《野百合花》《政治家·艺术家》等作品在当时产生了重要影响。

　　1942年延安文艺座谈会的召开对解放区文学艺术的发展产生了深刻而重要的影响。毛泽东同志在会上所做的《在延安文艺座谈会上的讲话》成为解放区及未来几十年新中国文艺生产、文学创作的纲领性文件。《讲话》主要包括以下几个方面的内容。第一，确立了文学从属于政治、服务于政治的基本原则,"在现在世界上,一切文化或文学艺术都是属于一定的阶级,属于一定的政治路线的。为艺术的艺术,超阶级的艺术,和政治并行或互相独立的艺术,实际上是不存在的"①。第二,《讲话》明确了文艺服务的对象是无产阶级人民大众:"对于过去时代的文艺形式,我们也并不拒绝利用,但这些旧形式到了我们手里,给了改造,加进了新内容,也就变成革命的为人民服务的东西。"② 第三,强调了知识分子思想改造的重要性。主张知识分子向广大人民群众学习,"一切这些同志都应该和在群众中做文艺普及工作的同志们发生密切的联系,一方面帮助他们,指导他们,一方面又向他们学习,从他们吸收由群众中来的养料,把自己充实起来,丰富起来,使自己的专门不致成为脱离群众、脱离实际、毫无内容、毫无生气的空中楼阁"③。第四,对解放区现存文艺作品中的小资产阶级思想意识给以否定和批判。第五,确立了解放区文学的写作规范及艺术源泉,"人民生活中本来存在着文学艺术原料的矿藏,这是自然形态的东西,是粗糙的东西,但也是最生动、最丰富、最基本的东西;在这点上说,它们使一切文学艺术相形见

---

① 毛泽东:《在延安文艺座谈会上的讲话》,《解放日报》1943年10月19日。
② 同上。
③ 同上。

绌，它们是一切文学艺术的取之不尽、用之不竭的唯一的源泉。这是唯一的源泉，因为只能有这样的源泉，此外不能有第二个源泉"①。在《讲话》的指导下解放区兴起了新秧歌剧运动，王大化等人的《王小二开荒》、马可的《夫妻识字》、周而复的《牛永贵挂彩》等深受群众欢迎，尤其是贺敬之、丁毅创作的新歌剧《白毛女》和李季创作的民歌体叙事长诗《王贵与李香香》产生了重要影响。

在小说创作上，解放区文学在3个方面有所开拓：一是借鉴中国古典章回体小说形式创作的大量讲述抗日战争的英雄传奇小说，柯蓝的《洋铁桶的故事》，马烽、西戎的《吕梁英雄传》、孔厥和袁静的《新儿女英雄传》等，塑造了一系列抗日传奇英雄形象；二是反映解放区的土改斗争，展现中国共产党领导土地改革斗争的宏大历史画卷，强调小说的政治性、阶级性和史诗性，丁玲的《太阳照在桑干河上》和周立波的《暴风骤雨》成为中国现代文学史上的经典；三是描写解放区人民边生产边战斗的艰苦卓绝的斗争生活的作品，欧阳山的《高干大》、柳青的《种谷记》、草明的《原动力》等是代表作品。

沦陷区由于长期被日本侵略者占据，始终在文化奴役与反

---

① 毛泽东：《在延安文艺座谈会上的讲话》，《解放日报》1943年10月19日。

第四章 中国现代文学的演进

奴役之间徘徊。大多数作家为了避免暴露作品的政治意图，隐藏了政治锋芒而转向对日常生活的描写。此间，乡土文学、都市文学、通俗文学比较兴盛；当然，也出现了一些展现沦陷区人民不屈斗争的小说。沦陷区文学的代表作家主要有以萧军、萧红为代表的作家群和东北沦陷区的爵青、古丁、梅娘等作家，以张秀亚、袁犀为代表的华北沦陷区作家，以张爱玲、苏青为代表的上海沦陷区作家。

第二节 钱锺书：知识分子的反讽

钱锺书（1910—1998），字默存，号槐聚，江苏无锡人，中国近现代著名学者钱基博之子，书香门第和家族传统使得钱锺书自幼便接受了古典文学的熏陶。"童时从伯父与先君读书，经、史、古文而外，有《唐诗三百首》，心焉好之。"[1] 1933年毕业于清华大学外文系，1935年与杨绛女士在江苏无锡完婚，从此一生恩爱，成就了文学史上的一段良缘佳话。同年赴英国牛津大学学习，1937年获得牛津大学副博士学位后与妻子两人共同前往法国巴黎大学从事文化研究。1938年夏，夫妻二人回国，钱锺书被清华大学破例聘为教授，次年转赴湖

---

[1] 钱锺书：《槐聚诗存·序》，生活·读书·新知三联书店2001年版。

南国立蓝田师范学院担任英文系主任一职。1941年夏,太平洋战争爆发,回沪探亲的钱锺书被迫困在上海,时局动荡忧患,羁留在"孤岛"的钱锺书赴震旦女子文理学校教书,并继续埋头于文学创作和学术研究,期间也有不少的学术文章发表。他的散文集《写在人生边上》由开明书店出版,同时继续撰写诗学批评专著《谈艺录》,该书在抗战胜利后也顺利出版。抗战结束后钱锺书任教于清华大学、暨南大学,晚年就职于中国社会科学院。

钱锺书的散文集《写在人生边上》虽然只收录了11篇散文,但堪称是20世纪40年代学者散文的优秀典范。"钱锺书把他的散文集命名为《写在人生边上》,实质是写在文人生活边上,作者对文人和文人领域尤为熟悉。钱锺书散文以'偏'的思维和'偏'的技巧为文,给人一种无法无天、放纵恣肆的思维娱乐。钱锺书散文是'以偏寻乐',以不循常规的写法发表疏狂偏激的见解,以看似荒谬的逻辑推理获得随便议论的娱乐,姿态是消遣的,下笔自然是灵动自由的。"[①] 钱锺书的散文常常表现出一种发散性的思维和天马行空的语言风格,他巧妙地将散文灵动松散如行云流水般的语言和讽刺性的哲理旨

[①] 范培松、张颖:《钱锺书、杨绛散文比较论》,《文学评论》2010年第5期。

第四章 中国现代文学的演进

趣融为一体，彰显了深厚的文学功底和运用幽默的语言艺术的能力。喜剧化的语言和故事背后隐藏不住其思想的锋芒，犀利、幽默却蕴含着理性批判精神和对人生、人性的反思。《魔鬼夜访钱锺书先生》以自己和魔鬼的对话来讽刺某些文人虚荣卖弄的矫揉造作之态。《说笑》论证了"笑"和"幽默"的区别，讽刺了某些所谓的幽默文学的刻板无味。《论快乐》既有对维尼《诗人日记》、穆勒"痛苦的苏格拉底"和"快乐的猪"的对比和引用，也从中国古典文学作品《西游记》《西阳杂俎》中吸取了"快乐"的元素。钱锺书对于神话故事的借用、对中外文学经典信手拈来的驾驭能力及各种意象、比喻的穿插，增强了散文的知识性、趣味性，同时也增加了思想的深度，印证了他学贯中西的学术功底。

作为钱锺书的第一本学术专著，《谈艺录》对中国诗学的许多理论问题进行了阐释，被誉为"中国古典诗学的集大成和传统诗话的终结"[①]。《管锥编》《七缀集》《宋诗选注》等学术著作多采用传统笔记的形式进行创作，用典精确、涉猎广泛。据统计仅《管锥编》中所引用的古典典籍涵盖了古代经史子集四大门类达六七千种，引用时间从先秦至近代达两三千

[①] 陆文虎：《中国古典诗学的集大成和传统诗话的终结》，载《钱锺书研究采辑》，生活·读书·新知三联书店1996年版，第77页。

年之久。"作者实际致力的是'诗心'、'文心'的探讨,亦即是,寻找中西作者艺术构思的共同规律。"[1] 虽然钱锺书在《谈艺录》中也有一定篇幅提到宋诗研究,但《宋诗选注》是他唯一的一部专门解析宋诗的学术专著。其中收录了宋代81位诗人近297首作品,"这个选本,确实冲破了选宋诗的重重难关,无论在材料的资取上,甄选的标准上,作家的评骘上,都足以使读者认识到宋诗的面貌,它的时代反应和艺术表达,它所能为我们今天欣赏和接受的东西……"[2]。钱锺书的学术活动旨在促进中西方文化以及不同学科间的交汇融合,其学术造诣和文学成就足以称得上"国学大师"的盛名,在20世纪更形成了一股"钱锺书热",对文学界产生广泛而深远的影响。

钱锺书创作的小说并不多,短篇小说集当推《人·兽·鬼》,其中收录了1944年以前创作的4篇短篇小说《上帝的梦》《猫》《灵感》《纪念》。这些小说均以接受过现代教育的知识分子为讽刺对象。《上帝的梦》和《灵感》两篇分别以上帝和地府为主要元素,语言幽默、犀利,奇诡丰富的想象力跃然纸上。《上帝的梦》讲述了万能的上帝在梦中造人以排遣自

---

[1] 郑朝宗:《研究古代文艺批评方法论上的一种范例——读〈管锥编〉与〈旧文四篇〉》,《文学评论》1980年第6期。

[2] 夏承焘:《如何评价〈宋诗选注〉》,《光明日报》1959年8月2日。

第四章　中国现代文学的演进

己的烦闷和孤独,却又对人性的欲望和贪得无厌感到失望。女人背着男人祈求上帝,"我只奉恳你再造一个像他样子的人。不,不完全像他,比他坯子细腻些,面貌长得英俊些",而男人也恳求上帝"我求你为我另造一个女人"①。上帝怒气之下想尽各种办法磨炼人类以期望他们悔悟屈服,结果他们双双死去,上帝在梦醒后感受到的依然是孑身一人的无趣和失落。这里作者对人类的贪婪和欲求进行了鞭笞和嘲讽。《灵感》写一位生前颇负盛名、创作成果丰厚的作家在临死之际还不忘提醒大家不要将自己的作品编成全集,以至于大家产生许多猜测:是他的作品太多,"竭力搜罗也收集不齐",抑或是"他一定还有许多小说、剧本没有写出来,已印行的作品不够表示他的全部才华"?② 作者以妙语连珠的语言和犀利的讽刺揭露了一个贪慕虚名的知识分子的内心世界。《猫》和《纪念》两篇都是以普通知识分子的家庭生活为背景进行创作的。《猫》中的女主人公李太太是一个接受过美式教育、漂亮风流、思想开放的时髦女性。她不满足于无聊琐屑的家庭生活而频繁出入于各种社交场所。她的放荡不羁致使男人李建候也报复性地去追求

---

① 钱锺书:《上帝的梦》,载《围城》,北京作家出版社2013年版,第310—311页。
② 钱锺书:《灵感》,载《围城》,北京作家出版社2013年版,第270—272页。

自己的婚外情，然而最终两人却发现这一切无非是增加了人生的无聊和疲乏，随之而来的便是无限的懊悔。"这时候，她的时髦、能干一下子都褪掉了，露出一个软弱可怜的女人本相。……她忽然觉得老了，仿佛身体要塌下来似的衰老，风头、地位和排场都像一副副重担，自己疲乏得再挑不起。她只愿有个逃避的地方，在那里她可以忘掉骄傲，不必见现在这些朋友，不必打扮，不必铺张，不必为任何人长得美丽，看得年轻。"而男主人公则也"自悔一时糊涂，忍不住气，自掘了这个陷阱"①。小说在这种不正常的婚姻中对知识分子的虚荣、"游戏人生"的生活态度进行了深刻的反省。其中，一只叫作"淘气"的猫作为某种象征贯穿于全文的情节叙事之中。《纪念》写一对年轻夫妇由于躲避战乱搬家到内地，偶然的机会遇到男主人公的表弟飞行员天健，并邀请他到家做客。女主人公为客人的到来刻意地梳妆打扮，几番交往之后两人发生了性关系，女主人公怀上了天健的孩子。不料天健在随后的一场飞行事故中丧生。不明真相的男主人公欲将妻子腹中的孩子取表弟之名以示纪念。小说对这种不正常的夫妻关系及其后果，尤其是男主人公的愚昧进行了深刻的嘲讽。

---

① 钱锺书：《猫》，载《围城》，北京作家出版社2013年版，第270—272页。

第四章　中国现代文学的演进

这 4 篇小说已经初步彰显了钱锺书在叙事上的技巧、天赋和映射现实的能力。而长篇小说《围城》把他的创作推向了更高的境界。

作为钱锺书倾尽毕生心力精心打造的唯一一部长篇小说，《围城》于 1946 年 2 月至 1947 年 1 月在《文艺复兴》上连载，1947 年由上海晨光出版公司出版，受到学界和读者的热烈欢迎，两年之内再版 3 次，成为畅销书。20 世纪 60 年代后被翻译成多种文字出版，产生世界影响。80 年代又由人民文学出版社重新刊印发行，引发一轮新的"钱学"热。《围城》是 40 年代讽刺文学的集大成之作，有"新《儒林外史》"之称。小说以 20 世纪 30—40 年代的社会生活为背景，描绘了一幅旧中国资产阶级知识分子病态的百相图。《围城》的艺术特色首先体现在这是作者笔下人物讽刺群像的一次集体书写。较之前期的短篇小说，《围城》中的人物更加饱满、鲜明而富有深度。留洋归来的青年方鸿渐一出场便显露出虚荣、自私、懦弱无能的本相。他庆幸自己包办婚姻的妻子去世，同时又心安理得地接受岳父为自己资助的留学费用。他怒斥父亲看中博士头衔的肤浅和庸俗，但又迫于向岳父交代的压力，在回国之际花 30 美金买到了一个所谓"克莱登大学"的哲学博士学位。在回国的船上与鲍小姐发生苟且之事，回国后却又爱上了倾心于自己的苏文纨小姐的表妹唐晓芙。身为文学博士的苏文纨矫情造作，因为得不到方鸿渐的爱情便处心积虑地破坏他与自己表妹的关系，嫁为人妻后又诱惑先前的追求者赵辛楣。在方鸿渐和唐晓芙的爱情破裂后，方鸿渐与自己岳父的关系也生出了嫌隙，无奈之下接受了国立三闾大学的聘书，与赵辛楣等人一同前往执教。然而国立三闾大学依然是一群刁钻腐朽、拉帮结派的所谓的知识分子们聚集的名利场：虚伪、世俗、又贪财的伪学者李梅亭，箱子里装的东西，一半是学术卡片，另一半是药片，一边道貌岸然地做着学者，一边却寄希望于在战乱暴动时再发一笔不义之财；外表楚楚动人、柔弱无助，内心却精于算计的年轻助教孙柔嘉；阴险狡诈的假洋博士韩学愈；迷恋酒色、自私猥琐的校长高松年；贪财好色、色厉内荏又封建迷信的汪处厚，等等。以方鸿渐为中心所牵连出的一批接受过西式高级教育的知识分子们，看似海外学成归来，学贯中西、实则虚伪堕落、懦弱无能，他们的教育因与现实脱节而失败。钱锺书选取了自己所熟悉的这一人群，用人物肖像画的方式漫画式地刻画出每一个人的主要特点，于调侃之间讽刺性地揭露了当时知识界的丑陋阴暗。

幽默的语言和反讽式的比喻是钱锺书小说的重要特征。语言是文学创作的主要载体，《围城》中性格各异的人物其语言风格也是不一样的。譬如方鸿渐与父亲和丈人的书信往来便是"迩来触绪善感，欢寡愁殷，怀抱剧有秋气""然令尊大人乃

第四章 中国现代文学的演进

前清孝廉公,贤婿似宜举洋进士,庶几克绍箕裘,后来居上,愚亦与有荣焉"①之类陈腐刁钻的文言文,其他人的对话也都有自己的风格。

知识界猥琐丑陋的群像无不在作者的讽刺话语中展开,人物的出场常常伴随着这种幽默的讽刺和形象的比喻。如留学青年相遇船上,谈起内忧外患的祖国,都恨不得"立刻回去为他服务",转眼却又搓起了两幅麻将来缓解无处寄托的乡愁;形容鲍小姐"穿绯霞色抹胸,海蓝色巾肉短裤,镂空白皮鞋里露出涂红指甲"②,被大家戏称为"熟食铺子","局部的真理";形容方鸿渐的假文凭:仅花30美金买到的名牌大学的文凭像似"亚当、夏娃下身那片树叶的功用,可以遮羞包丑;小小一方纸能把一个人的空虚、寡陋、愚笨都掩盖起来"③。形容苏小姐则更是生动,"苏小姐才出来,她冷淡的笑容,像阴寒欲雪天的淡日""只能说是品格上的不相宜;譬如小猫打圈儿追自己的尾巴,我们看着好玩儿,而小狗也追寻过去地回头跟着那短尾巴乱转,风趣就减少了"④。这正是扭捏做作的苏文纨理想中的自己"艳如桃李,冷若冰霜"的写照。写到

---

① 钱锺书:《围城》,北京作家出版社2013年版,第5页。
② 同上书,第3页。
③ 同上书,第6页。
④ 同上书,第13页。

校长高松年："肥而结实的脸像没发酵的黄面粉馒头，'馋嘴的时间'咬也咬不动他，一条牙齿印或皱纹都没有。"①"上帝会懊悔没在人身上添一条能摇的狗尾巴，因此减低了不知多少表情的效果。"② 这种幽默嘲讽的语言加之生动的比喻把人物从内到外、从心理活动、言谈举止到外貌肖像刻画得活灵活现，增强了文本的喜剧色彩和可读性。作者正是要通过这一系列人物的性格、言谈举止和细节描写来揭露、剖析抗战背景下这一病态的知识场的现状和丑陋，将其赤裸裸的呈现在读者和大众眼前。

《围城》还隐含了多重社会主题。主人公方鸿渐留学归来，但是人生似乎刚刚以此归来作为起点。他碰到了心仪的对象唐晓芙，却因苏小姐的胡搅蛮缠而结束恋情，终于招致岳父的隔阂与不满，迫于生计及多方面的压力他又随赵辛楣等人一同前往国立三闾大学教书，大学成为方鸿渐人生的第二休憩地。他与同事孙柔嘉结婚，婚后才发现这又是一段颇受强大社会传统和日常规范所约束的婚姻，在不满和懊悔中两人关系破裂，方鸿渐再次动身转往重庆。借用小说的标题，"围城"可以分为多个层次来理解。首先从小说主人公方鸿渐的男性视角

---

① 钱锺书：《围城》，北京作家出版社2013年版，第110页。
② 同上书，第111页。

第四章 中国现代文学的演进

来看,"围城"是男女两性生活的真实写照,也是他稀里糊涂地走进的人生的一个个局。他与肉体冲动逢场作戏的性伴侣鲍小姐的关系、与纯洁的爱恋对象唐晓芙的短暂恋情、与身份地位相当的追求者苏文纨的若即若离的关系,以及由合适的同事关系发展为婚姻关系终又与之分裂的孙柔嘉的婚姻,4个女性角色的设置及他们之间的爱情追逐游戏,与其说是方鸿渐的主动选择,不如说更像是他一次又一次被动地掉进两性关系的"围城"之中,使自己一次次地陷入进得去、出不来的尴尬境地。方鸿渐与4位女性的情爱关系构成了《围城》一书的主线,透过这条主线我们可以看到女人在当时的社会地位和她们不同方式的挣扎。4个女人中除了唐晓芙比之其他女性较为纯洁外,其余几人的虚荣造作、自私自利、渴望并幻想控制和羁绊男性的共同点之外,亦体现了她们想要摆脱中国封建社会几千年来坚固的伦理道德传统、急于彰显自身的话语立场以求得男性的身份认同的诉求。五四新文化运动以来,虽然女性个性解放的呼声很高,但女性身份地位的真正提高的路还很长。"女人们在小说中却是男性主人公的附庸、工具或者陪衬性角色,基本上难以具备充分独立的形象价值,如果说方鸿渐是'围城人'的话,那么女性们只是围城的人——'围城的人'……前者作为主体性的个人,在'围城'式生存境遇中充分体验着'围城'式心理状态,而后者难以作为主体,却是某种程度上创设'围城'式生存境遇的'物',丧失了话语权……她们只是在男性中心的叙事结构、叙述语态里,被歪曲了、被淹没了。"[1] 女性是围困男性的"围城",同时她们也被自身的性别界定所围困。

作者并没有把"围城"简单地放置在两性之间的爱情婚姻关系上,也体现在人生在世的许多生存的困境中。留学在外的方鸿渐也要为家中的包办婚姻所牵制,他并不满意家中的旧式妻子却基于个人经济上的困顿而不敢言说,只能受制于岳父的关系和能力。从他踏上回国之路的那一刻起,他注定要为谋职及各种人际关系所困扰。当他终于可以自行谋职时却发现工作和婚姻并不顺心,其间的伪善和绝望使得他再次鼓起冲破围城出走的勇气。然而,即便与现在身边的环境决裂,自己又能前往哪里,重庆未必不是下一座"围城"。因此对于方鸿渐来说,他的整个人生即是一座冲不破的"围城"。纵观小说全局,我们可以得出被围困的"围城"意蕴有3点,其一是女性主体身份的危机和自我认同的努力;其二是对方鸿渐一生的围困:爱情、人事关系以及其他人物的存在均穿插在这条主线中构成了《围城》的复杂叙事。对于20世纪40年代的知识分

---

[1] 倪文尖:《女人"围"的城与围女人的"城"——〈围城〉拆解一种》,载王晓明主编《二十世纪中国文学史论》第2卷,东方出版中心1998年版,第476页。

子来说,"围城"具有更深的寓意,它形容整个时代就像一座围困其自由心灵的城,让人左冲右突无法摆脱,最后只好扭曲了自己,成为这腐朽的一部分。钱锺书对 20 世纪 40 年代抗战背景下的知识阶层进行了绝妙的描画和辛辣的讽刺,为我们呈现了一个病态的社会以及这个社会中所谓的知识分子群像,他们不甘心于庸俗的日常生活而放任自己投身于声光酒色之中,他们拼力织就一张欲望的网,想要冲破人生这张网,到头来却发现自己只是被命运无情嘲弄的失败者。

第三节 赵树理:在新旧之间

赵树理(1906—1970),原名赵树礼,出生于山西省沁水县尉迟村的一个贫苦农民家庭。由于自幼受到父亲的影响对当地的戏剧和具有地方特色的民谣民曲十分熟悉,可以说他是一个地道的土生土长的农民作家。1925 年夏,赵树理到山西省立第四师范学校读书,随后接受"五四"新文学思想的影响并投身于革命浪潮中去。1929 年被陷害入狱一年。出狱后长期辗转各地过着居无定所的生活,从事过杂役、代课教师、报刊编辑等各种工作,期间陆续开始写作。1943 年 5 月发表了短篇小说《小二黑结婚》,引发文坛关注,同年 10 月又发表了中篇小说《李有才板话》。1945 年 3 月发表小说《孟祥英翻身》。1946年3月由华北新华书店出版长篇小说《李家庄的变迁》，此后相继发表了《地板》（1946年4月）、《福贵》（1946年10月）、《小经理》（1947年1月）、《邪不压正》（1948年10月）、《传家宝》（1949年4月）、《田寡妇看瓜》（1949年5月）等中短篇小说。1955年1月长篇小说《三里湾》开始由《人民日报》连载。1958年8月发表小说《锻炼锻炼》《套不住的手》（1960年11月）、《实干家潘永福》（1961年4月）等。赵树理一生始终坚持从事农村与农民生活的通俗写作，高产的中短篇小说创作使得他成为20世纪40年代解放区文学创作的标志性作家。然而在"文化大革命"中不幸遭到迫害，于1970年9月23日含冤去世。

赵树理于20世纪30年代开始写作，1935年发表了长篇小说《盘龙峪》的第一章，但没有引起文坛的关注。直到1943年短篇小说《小二黑结婚》的发表，"半年间销行三四万册，创作出了新文学作品在农村流行的新纪录"[①]。经过一段波折，赵树理迅速得到文坛的肯定，并陆续推出一系列反映解放区农民生活的作品，成为40年代解放区文学的代表作家。《小二黑结婚》讲述了一对农村青年小二黑和小芹为争取婚姻

[①] 杨义：《中国现代小说史》第3卷，人民文学出版社1998年版，第534页。

第四章 中国现代文学的演进

自由，同具有封建迷信思想和封建传统影响很深的家长作斗争的故事。小二黑和小芹是自由恋爱的进步青年，不料却遭到双方家长的反对，遭到村里恶霸和当权者的阻挠。小说开篇就交代了二诸葛和三仙姑两个喜欢装神弄鬼的封建家长形象，二诸葛喜欢算命，凡事都要先占卜卦象，替儿子收了童养媳，认为小芹的命相与小二黑相冲并嫌弃三仙姑的名声。会下神的三仙姑是一个45岁还要施妆涂粉、"脸上好像驴粪蛋上下了霜"的"老来俏"，因为嫉妒村里青年对小芹的青睐，便索性将她许给一个退职军官做续弦。作者通过对两个旧式人物的刻画，体现了封建传统和迷信对人思想的侵蚀和戕害。二诸葛种庄稼前要看黄历，当小二黑被抓走后还要取铜钱占卦象来预测儿子的命运，见到区长时，他口口声声请求区长恩典恩典；三仙姑给人下神看病时还担心自己锅里的米是否煮烂了，被区里传唤临走前"换上了新衣服、新手帕、绣花鞋，镶边裤，又擦了一层粉，加了几件首饰"，而见到区长后则"趴下就磕头"，连声叫着"区长老爷，你可要为我做主"。凡此种种，作者借助两个"神仙"人物讽刺了封建官本位思想统治下的群众麻木不仁和愚昧无知，活脱脱地描绘出两个迷信、守旧、装神弄鬼、又胆小畏上的落后农民形象。小二黑和小芹作为作者精心塑造的进步青年，则不畏惧强权势力，勇敢的选择自己的爱情和人生道路，是新时代农村新青年的典型代表。小二黑反驳父亲"你愿意养你就养着，反正我不要"，小芹也直接回应母亲："我不管！谁收了人家的东西谁跟人家去！"① 最后终于在新政策的鼓励和区政府领导的帮助下实现了自己的愿望，恶霸金旺兄弟得到惩治，而两个"神仙"也开始发生了变化。作品体现了文艺为无产阶级政治服务的宗旨，为一代新人的成长树立了典范。

中篇小说《李有才板话》讲述了抗战时期在解放区后方农村阎家山为背景下以李有才为代表的农村进步青年与地主阎恒元等一批徇私舞弊的村干部围绕村政权选举和落实减租减息政策作斗争的故事。解放区派来指导农村工作的章工作员因为阎恒元为首一批村干部的蒙骗而忽视了村里当政者贪污腐化、欺压百姓的真实情况，反而授予了阎家山"模范村"的称号，外姓青年李有才以自己能说会唱编快板的才能，带领一群"小字辈"的青年在县农会主席老杨同志的帮助下团结贫苦农民成立农救会，最终实现了农村斗争的胜利。这种胜利是现实中阶级的胜利，也是赵树理文学观的体现。

《邪不压正》以农民王聚才女儿软英的婚姻为叙事线索，将打倒地主、土地运动、减租减息等一系列农村改革融入软英

---

① 赵树理：《小二黑结婚》，载乔以钢主编《现代中国文学作品选评（1918—2003）》A 卷，南开大学出版社 2007 年版，第 212—213 页。

的婚姻叙事中去。王聚才不愿意将自己的女儿许给40岁的地主之子刘忠做续弦，但更不愿意女儿同贫农小宝在一起。在他的"看看再说"中八路军解放了村子，女儿软英不必再被迫嫁给地主刘锡元的儿子，但是她又遭到农民干部小昌的觊觎。小说虽然写的是软英的婚姻，但作者意在通过农民的日常生活折射农村生活的巨大变迁并揭露农村工作中出现的现实问题。

《李家庄的变迁》是赵树理力图以在抗日战争为大背景下李家庄近二十年的发展变迁为主线所创作的长篇小说。小说将近二十年的时间和历史浓缩在主要人物贫苦农民铁锁的遭际变动和李家庄村庄生活翻天覆地的变化中。《李家庄的变迁》可谓是赵树理描写农村生活的集大成之作。"虽然是一个村庄的变迁为小说的背景，然而实际上却是一幅中国农村的缩影。从这幅图画中，我们看到了民族和社会斗争的姿态。"[①] 在赵树理的笔下，我们看到了革命进程中中国农村的发展、进步、变革与过渡，也看到了新的时期、新的环境与新的风貌对于农民生活的具体影响。

赵树理的另外一部代表性长篇小说《三里湾》发表于1955年，是中华人民共和国成立后第1部以农村合作和运动

[①] 笙麟、葛琴：《〈李家庄的变迁〉》，载《文学作品选读》，生活·读书·新知三联书店1949年6月版，第306页。

为内容的长篇小说。小说集中描写了以王金生、范登高、马多寿、袁天成4个家庭为代表的乡村三里湾在农业合作化运动中所遇到的一系列问题。"《三里湾》在赵树理的整个创作中占有重要位置,是赵树理调集所有经验、知识、理论和文化储备而有意识地制作的一部'文学'巅峰之作,是他对自己的乡村经验、文学观念有着双重'自觉'的产物……《三里湾》的重要性或许并不在提供一套别样的解决方案,而是使现代中国社会与文学中那些已经定型化的解决方案本身重新成为'问题'。"① 除了表现普通农民生产生活的变化外,赵树理的小说还突出了农村女性自主意识的觉醒。《孟祥英翻身》塑造了一个劳动能手孟祥英的农村妇女形象,作为一个受到党的感召和帮助而不再被欺压的年轻媳妇变为带领妇女积极劳作以战胜灾荒的翻身妇女干部,孟祥英体现了解放区农村妇女新的精神面貌。《传家宝》讲述了农村媳妇金桂与婆婆李成娘由于新旧思想观念的冲突而引发家庭矛盾的故事。婆婆李成娘是固守封建传统观念、勤俭精明而又守旧的一代人,想要将自己秉承的生活经验当作"传家宝"传授给自己的儿媳金桂。而金桂则是思想开放、拒绝被传统生产方式和思想束缚、同样持家有

---

① 贺桂梅:《村庄里的中国:赵树理与〈三里湾〉》,《文学评论》2016年第1期。

方的新人,最终的家庭冲突以婆婆向媳妇金桂的认输而结束。

如果说以《小二黑结婚》《李有才板话》《锻炼锻炼》《邪不压正》《孟祥英翻身》等为代表的一批中短篇小说着眼于解放区后方农村生活中的具体问题和现象,在《李家庄的变迁》和《三里湾》中作者则以历史性的眼光展现了整个时代背景下农村的发展变化。赵树理的小说均以农村改革过程中的具体问题为故事冲突的矛盾核心,"我的作品,我自己常常叫它是'问题小说'。为什么叫这个名字,就是因为我写的小说,都是我下乡工作时在工作中碰到的问题,感到那个问题不解决会妨碍我们工作的进展,应该把它提出来"①。赵树理的小说不仅写到农村农民,还写到解放区的领导干部,他们有混进革命领导队伍的投机分子,如金旺兄弟(《小二黑结婚》)、操控村政权的地主李如珍(《李家庄的变迁》)和阎恒元(《李有才板话》)、革命经验尚不充足的年轻干部章工作员(《李有才板话》),由贫苦农民翻身却又思想变质的小昌(《邪不压正》),形形色色的干部形象的塑造都是作者为解决实际工作问题的需要。对于赵树理来说,文学创作更多源于他作为农村革命工作者所开展的农村工作,这与他从小生活成长的农村环境和从事的工作有关,他选择的题材都是自己所熟悉

---

① 赵树理:《当前创作中的几个问题》,《火花》1959 年 6 月。

的农村农民生活。在赵树理的小说中，以进步青年为代表的农民包括新一代的妇女在政治上翻了身，他们的思想觉悟也空前提高。

赵树理立志要做一名"文摊"作家，他曾经说过自己在每写出一篇作品后都会先拿给自己的父亲或者身边的家人看。"作品语言的选择，首先要看读者对象。写给农村干部看，用农村干部能懂的语言，写给一般农民看的，用一般农民能懂的语言。"① 贴近于农村生活实际的日常叙事决定了赵树理小说语言的平民化、娱乐性和通俗易懂。首先赵树理会为自己笔下思想落后的农民选择一些带有幽默色彩的绰号。如《小二黑结婚》中的"三仙姑"和"二诸葛"，《锻炼锻炼》中的"小腿疼"和"吃不饱"，《三里湾》中的"糊涂涂""惹不起""一阵风""常有理"等，作者以这些各具特色的绰号树立了一批深受封建残余思想毒害的典型分子，这群类型化落后农民的存在不仅与进步青年形成了鲜明对比，更增加了小说本身的趣味性和幽默效果。即便是小说里的进步青年，他们的名字也往往是诸如"小常"（《李家庄的变迁》）、"小明""小顺"（《李有才板话》）、"小二黑""小芹"（《小二黑结婚》）这样朗朗上口、易于诵读记忆的名字。"我是从农村出来的，懂得

---

① 赵树理：《做生活的主人》，《广西日报》1962年11月13日。

一些农民的语言，就用农民的语言写出一些东西。……我的文章大都是农民的话，因为我是想写给农民看。"① 举例来说，《李有才板话》中的李有才就直接编以节奏感简快和押韵的"快板诗"作为讽刺坏人的武器。赵树理的小说语言多采用晋东南地区的方言和俚语，大量语气词和简单短句的使用增添了小说叙述的活力，注重日常生活的细节描写缩短了农民读者和文本之间的距离。20世纪40年代悄然兴起了以赵树理为代表的"山药蛋派"的通俗现实主义写作，这个文学流派的共同特征是："一是鲜明的地域特色；二是强烈的现实风格；三是'通俗化'、'大众化'的审美风格。"② 赵树理的小说充分体现了"山药蛋派"的创作风格，他们扎根于山西农村并就地取材，记录农民的生活、反映农民的生活、用文学来体现农村的现实问题，在他们的笔下农民就是全部小说的主人公和中心人物，情节推动和人物性格塑造依赖于角色间口语式的对话交流。阅读赵树理的小说更像是在听取一个个民间故事，他继承了传统章回体小说叙事模式的写作风格并发展成为"新评书体"的小说样式，灵巧、简要的中短篇小说叙事模式更加适合赵树理故事型的小说创作。

---

① 赵树理：《生活・主题・人物・语言》，《新文学论丛》1980年第2期。
② 申维辰主编：《山西文学大系》第8卷，山西人民出版社2005年版，第18页。

赵树理小说的特点同时又从侧面反映出他创作的某些缺陷。首先，梳理赵树理的创作，他在中短篇小说创作上的数量和质量要明显优于长篇小说。赵树理在小说《李家庄的变迁》和《三里湾》两部长篇中均表现出试图将中国农村某阶段的整体风貌纳入自己的叙事中去的努力，中短篇小说中所涉及的诸如婚丧嫁娶、政权改选、妇女解放、农业合作化等一系列问题都可以在这两部长篇中找到相似描写。但作者的长篇叙事却有些技巧不足，单纯依靠"问题意识"串联起来的文本注重矛盾激化提出问题、政策干预解决问题、敌我斗争胜负分明的叙事过程，构思线路单一，人物角色的塑造都为了配合故事情节的推动而存在。以《李家庄的变迁》为例，上部重点写村民铁锁如何遭遇农村地主恶霸的压迫和欺凌以致背井离乡，而下部他在共产党员的感召和帮助下则迅速成长起来与恶势力展开斗争并取得了胜利，小说在情节安排上，下部较上部略显局促和紧张。其次，颇具"问题"意识的故事型写作决定了小说文本的浅白且缺乏深度性的历史思考。赵树理选择在他的小说中讲故事，而这些故事往往是为了配合解决某些现实问题而做，人物塑造扁平化不够立体，一个文本存在的目的即是配合解决一个现实问题。然而这些问题似乎也并没有充分表现政治和生活的复杂性。赵树理在回忆自己的创作时曾经说过，"《李有才板话》，是配合减租斗争的，阶级阵营尚分明，正面

第四章　中国现代文学的演进

主角尚有。不过在描写中不像被主角所讽刺的那些反面人物具体。《李家庄的变迁》，是揭露旧社会地主集团对贫下中农种种剥削压迫的，是为了动员人民参加上党战役的（这一任务没有赶上），其中虽然也写到党的领导，但写得不够得力，原因是对党的领导工作不太熟悉"①。一面是为积极配合政治的创作，另一方面却又是对政治形势发展变化了解得不全面和不透彻，这就造成了赵树理小说创作最尴尬的处境。

当现实主义创作口号日益深入时，赵树理的创作并没有表现出与时俱进的变化和转型，他依然聚焦于农村中的小人物和身边事，即便是这样的描写也缺乏时代的眼光和思考。"就赵树理的主观意志而言，他创作《李家庄的变迁》的出发点与前两部小说并没有什么不同，仍然是'革命功利主义'的体现，仍然是为了'配合当前政治宣传任务'，但这篇小说无意中采用的结构，却使得它成为了赵树理一生中最接近'现代小说'的一次努力。"②《李家庄的变迁》是赵树理唯一一部能体现时间意识和历史纵深度的小说，在他以后的小说中再也没有这种突破原有创作格局并尝试以时间思考融入文

---

① 赵树理：《回忆历史认识自己》，载《赵树理全集》第 5 卷，北岳文艺出版社 2000 年版，第 376 页。
② 李杨：《"赵树理方向"与〈讲话〉的历史辩证法》，《文学评论》2015 年第 4 期。

学的创作成果。

赵树理的农村题材小说创作紧紧贴合着政治意识形态，但他又巧妙地选择以质朴、直白的问题解决形式来完成小说的架构。如以讲述农村青年恋爱婚姻自由的《小二黑结婚》和《登记》着眼于解放区颁布的新婚姻法。《李有才板话》《李家庄的变迁》《三里湾》中都有描写在土改后如何与残余的地主势力作斗争、落实农业合作化运动的一系列政策。《孟祥英翻身》和《传家宝》则突出了在解放区后方农村妇女解放运动开展后女性身份地位的提高。正如赵树理所说他创作小说的主旨是为了反映在工作中遇到的实际问题，而这些问题的最终解决依然都依赖于政府政策的干预和帮助。小二黑和小芹如何顺利实现婚姻自由、李有才和铁锁如何实现斗争地主的胜利和推翻恶霸政权的压迫、孟祥英和金桂如何实现妇女翻身，这些都明显借助于党的领导干预和支持，所以20世纪40年代"赵树理方向"的提出既是一种契合现实主义创作路线的文学现象，更是文学为配合着上层建筑的政治意识形态所打造的文学规范和样式。作为解放区文学的范例，"赵树理方向"的政治功用和社会效应是不言而喻的，作为"旗帜"被树立的"赵树理方向"的文学价值也要让位于它的政治功能。

赵树理最早的成名作《小二黑结婚》出版得益于彭德怀

的题词:"像这种从群众调查研究中写出来的通俗故事还不多见。"① 这就暗示了赵树理的创作从一开始就注定要与政治结缘。赵树理的农村题材创作与毛泽东在延安的《讲话》精神不谋而合,即文学创作要为广大工农兵群众服务。他曾经说过,"毛主席的《讲话》传到太行山区后,我像翻了身的农民一样感到高兴。我那时虽然还没有见过毛主席,可是我觉得毛主席是那么了解我,说出了我心中想要说的话"②。紧接着在1946年8月周扬就发表了《论赵树理的创作》一文,这是当时一篇较为全面系统地评价赵树理创作风格的文章。他说道:"这个农村中的伟大的变革过程,要求在艺术作品上取得反映。赵树理同志的作品就在一定的程度上满足了这个要求。"③ 随后陈荒煤在《向赵树理方向迈进》中,总结了赵树理小说创作的特点并首先提出了"赵树理方向",要求"边区文艺工作者向他学习"。④ 赵树理的创作先后得到解放区文坛几位重要领导人物的肯定,政治意识的鼓吹和自身创作特质的双重契

---

① 转引自石耘《〈小二黑结婚〉背后的真实故事》,《文史精华》2012年第3期。
② 赵树理:《回忆历史认识自己》,载《赵树理全集》第5卷,北岳文艺出版社2000年版,第379页。
③ 周扬:《论赵树理的创作》,载黄修己编《赵树理研究资料》,北岳文艺出版社1985年版,第177页。
④ 陈荒煤:《向赵树理的方向迈进》,《人民日报》1947年8月10日。

合使得"赵树理方向"很快在文坛树立起来。"赵树理的光芒无疑来自《讲话》的映照，只有当赵树理的创作被用来诠释《讲话》的正确性，'赵树理方向'才能够成立。可以说没有《讲话》，还是会有赵树理，却不可能会有'赵树理方向'。在这一意义上，与其说是周扬'发现'了赵树理，不如说是周扬'发明'了赵树理与《讲话》的内在联系。"①

在1949年以前，赵树理作为紧密反映现实问题的农民作家标杆牢固树立在解放区文学中，中华人民共和国成立后随着现实主义创作口号的深入，赵树理单一的农民题材写作受到越来越多的质疑，以1955年小说《三里湾》的出版为例，虽然这是中华人民共和国成立之后第1部集中描写农村农业合作化的长篇小说，但《三里湾》的文学地位明显不及同时期农村类型小说作家柳青的《创业史》和周立波的《山乡巨变》。这固然与《三里湾》自身的艺术缺陷有关，但随着"赵树理方向"的提倡拥护者周扬不断受到文艺界的怀疑和批评，赵树理创作所遭遇的质疑声音也越来越多。等到20世纪60年代《套不住的手》《实干家潘永福》的发表，赵树理在作品中所竭力塑造的朴素、能干、坚韧的新时代农民形象与时代要求的

---

① 李杨：《"赵树理方向"与〈讲话〉的历史辩证法》，《文学评论》2015年第4期。

"高大全"的英雄人物又相差甚远,被当作"中间人物"而受到批评。当"文化大革命"到来时,被"文艺黑线"所树立的"赵树理方向"受到了首当其冲的冲击。赵树理本人被迫害折磨致死,其家人也受到连累。被20世纪30年代以来左翼文学价值观所成就的"赵树理方向"如同昙花一现淹没在政治文化之中。当然,不同的历史时期可以给予"赵树理方向"不同的解读和评价,今天再讲述赵树理就必须结合不同时期的时代环境才能得出中肯的结论。

第四节 张爱玲:现实与传奇

张爱玲(1920—1995),原名张瑛,出身贵族官宦世家名门,祖父是清末名流张佩纶,祖母为清朝重臣李鸿章的长女,父亲是世家公子,母亲则是留学欧洲的现代知识女性。张爱玲从幼年4岁起就开始接受私塾教育,父母离异后跟随父亲生活,不久因与后母发生冲突便被父亲责骂并拘禁了半年。1938年从父亲处出逃到母亲身边,随后参加了英国伦敦大学的考试并取得第1名的成绩,1939年,因战乱时局动荡张爱玲持伦敦大学的成绩单到香港大学文科就读。1941年年末因珍珠港事件爆发,香港沦陷后香港大学停课,亲历过战争的无情和残酷的张爱玲开始专注于写作并步入文坛,她在《泰晤士报》等期刊上发表了几篇影评和散文。1943年5月，张爱玲的小说《沉香屑 第一炉香》发表于当时周瘦鹃主编的"鸳鸯蝴蝶派"刊物《紫罗兰》上。这篇小说一经发表便引起了沦陷区上海文坛的轰动，张爱玲一夜成名，紧接着在6月份便推出了这部小说的续作《沉香屑 第二炉香》。张爱玲曾经感叹过，"出名要趁早呀！"正如她本人的亲身实践一样，张爱玲在年少时出名并在20世纪40年代的沦陷区文坛大放异彩。从1943年7月起至同年年底，她相继发表了《茉莉香片》《心经》《倾城之恋》《琉璃瓦》《金锁记》《封锁》一系列作品，这些小说的出版时间每部前后相距约为一个月，高产、可读性强的爱情故事促成了张爱玲小说的庞大读者群的形成，并奠定了她在现代文学史上的文坛位置。1944年张爱玲继续保持强劲的创作势头，1—6月在《万象》杂志上连载发行小说《连环套》，2月开始发表作品《年青的时候》《花凋》《红玫瑰与白玫瑰》。8月，张爱玲与胡兰成结婚。9月，她的小说结集为《传奇》出版，张爱玲自此真正成为沪上的传奇人物。此后，张爱玲还创作了《桂花蒸 阿小悲秋》《创世记》《鸿鸾禧》等作品。张爱玲成名在20世纪40年代，十年的时间将近完成了她此生几乎最重要的创作。1950年后，她也曾经试图改变创作风格以期融入内地政治体制内的写作环境，但是结果并不尽如人意。1955年张爱玲转赴美国，60年代以后还有诸如《半生缘》《色戒》《小团圆》《童学少年都不贱》

第四章 中国现代文学的演进

等作品问世。除了小说之外,张爱玲还有大量的散文创作,如散文集《张看》《流言》等。她还写过不少的电影剧本,如《太太万岁》《不了情》,翻译过一些作品如《海上花列传》。她有自译作品的习惯,后半生还从事了《红楼梦》的研究。1995年9月8日,一代才女张爱玲被发现在她美国的公寓内去世,她的骨灰最终按照遗愿由好友撒入太平洋。

张爱玲的小说饱含了女性自我意识的言说与宣泄,她的作品几乎都以女性的口吻进行叙述。她的首部成名作《沉香屑 第一炉香》中的女学生葛薇龙为了在香港求学寄居于姑母梁太太的家里,而梁太太则利用她作为引诱男人的工具来满足自己奢靡虚荣的物质生活。原本单纯的学生葛薇龙很快沉浸在由姑母为自己打造的声光酒色的环境中并终于迷失了自己,她决定自己也要寻找一个男人作为终身的依靠。然而葛薇龙渴求的婚姻也并没有给她带来理想中的经济支撑,一个极普通的上海女学生最终陨落成为一个名利场上的高级交际花。葛薇龙嫁给了浪荡公子乔琪,她的爱情沦为了自身物欲的牺牲品,"薇龙这整个人就等于卖给梁太太和乔琪,整天忙着,不是替乔琪弄钱,就是替梁太太弄人"[1]。

《倾城之恋》的故事依然发生在香港,家道中落的白流苏

---

[1] 张爱玲:《沉香屑 第一炉香》,北京十月文艺出版社2012年版,第50页。

离异后由上海投奔香港的亲戚，饱受冷眼嘲弄的白流苏发誓要再找到一个属于自己的男人。她结识了富家流浪公子范柳原，情场如战场，同样作为情场高手的两人随即开始了欲擒故纵的爱情追逐游戏。然而城市的陷落却成全了两人的婚姻，并不相信爱情的两个人在经历了战乱之后萌发了将彼此作为依靠的念头。"在这动荡的世界里，钱财、地产、天长地久的一切，全都不可靠了。……他们把彼此看得透明透亮。仅仅是一刹那的彻底的谅解，然而这一刹那能够他们在一起和谐地活个十年八年。他不过是一个自私的男子，她不过是一个自私的女人。在这兵荒马乱的时代，个人主义者是无处容身的，可是总有地方容得下一对平凡的夫妻。"[1] 但是他们的婚姻只是战乱形势逼迫下个体寻求精神慰藉和身体陪伴的需要，"香港的沦陷成全了她。但是在这不可理喻的世界里，谁知道什么是因，什么是果？谁知道呢？也许就因为要成全她，一个大都市倾覆了。成千上万的人死去，成千上万的人痛苦着，跟着是惊天动地的大改革"[2]。爱情已经沦为平庸生活的一部分，团圆的结局对于白流苏来说是欣慰还是无奈亦不可知，她依然感到惆怅，一座城市的坍塌给她带来的爱情依然裹挟着浓厚的悲剧意味，爱情

---

[1] 张爱玲：《倾城之恋》，北京十月文艺出版社2012年版，第199页。
[2] 同上书，第201页。

本身的重量并不是世俗泛爱之辈可以承受的。

《金锁记》讲述了女子曹七巧在一个封建大家庭里几十年间心理被扭曲摧残的异化过程。出身于市井油坊小商户的曹七巧为了金钱和权势嫁给姜家身患骨痨的三少爷,她隐忍着自己对小叔子季泽的爱欲,过着没有爱和希望的日子,终于熬到了丈夫去世并分得了一笔家产。用自己的青春换来的家产是七巧最后的支柱,当季泽终于向自己袒露心意时她却发现自己心仪的小叔子其实也是觊觎她的财产,在物欲和情欲的双重压迫下曹七巧终于变成了疯子一样的人。她依靠吸食大烟来麻醉自己的灵魂,不仅破坏儿子的婚姻还相继折磨逼死了儿媳芝寿和娟姑娘,拆散女儿长安的爱情。可怜而又可恨的曹七巧不能容忍自己身边的任何人得到幸福,把别人的幸福视为自己的仇恨,她残忍地报复着最后的亲人以此来发泄对自己千疮百孔人生的不满和痛楚。曹七巧是张爱玲所塑造的众多女性角色中最为典型的一位,她被欲望的枷锁压得喘不过气来,她对于儿女极强的控制欲恰恰体现了她极力想要对于自己前半生女性主体地位丧失的弥补,变态极端的地位彰显突出了曹七巧失败命运的悲惨性。"30年来她戴着黄金的枷。她用那沉重的枷角劈杀了几个人,没死的也送了半条命。"[1]

---

[1] 张爱玲:《金锁记》,北京十月文艺出版社2012年版,第260页。

张爱玲的作品以女性描写为主，在她的笔下女性形象的人生理想大多数都是结婚做太太。小说《凋零》中唯一不想步姐姐后尘的小女儿川娥渴望念大学并收获自己的爱情，然而她最终却凋零在亲情和爱情的冷漠摧残之下。"她死在三星期后"，一句简单的旁白凸显了川娥苍白无力的爱情和生命。女性的悲剧命运在某种程度上体现了张爱玲本人爱情观的缩影。父母婚姻的破裂自少年起就给她的成长抹上了阴影，1944年由阅读《封锁》慕名而来的胡兰成与张爱玲一见倾心。当时胡兰成38岁且已经成婚，但很快胡兰成就与妻子离婚并在张爱玲挚友炎樱的见证下迎娶了24岁的张爱玲，她们的婚姻轰动了当时的上海。可惜好景不长，胡兰成对婚姻的背叛使得张爱玲心灰意冷，1947年她写了一封绝交信与胡兰成断绝了往来。张爱玲的爱情由华丽的传奇故事落幕为凄凉的结局，这些渗透在她的作品中就构成了女性群体的悲剧叙事。

张爱玲的文学写作透露出的是时间消逝背后无尽的苍凉感，人物之间的亲情和爱情都被畸形的欲望所吞噬。显赫没落的家世、父母失败的婚姻与童年生活的不幸，都在张爱玲的小说中映照出了悲情的色彩。张爱玲小说中的爱情故事连接着通俗和高雅，她常常倾注大量的笔墨描写人物的衣食住行。旗袍与洋装、小吃与西餐、弄堂与家族公馆、公寓洋房与电车汽车、咖啡馆与舞厅等这些都是构成人物日常生活的主题元素。

第四章　中国现代文学的演进

而当这些人的日常生活得不到自己所渴求的虚荣和保障时,他们又迷失在追逐欲望的游戏里。张爱玲的小说写到了战争,然而战争的威胁和恐惧也都被她日常生活的小叙事所消弭和冲淡。"日常生活之所以能够在炮火和封锁中继续稳定下去,不是出于他们的理性选择,更多可能是出于行为不自觉的惰性和自觉的紧迫感的缺乏,一种'浑然不觉'的坚持。"① 月亮、胡琴、时钟、灯光、雨点、火焰等都是张爱玲经常用来增强文本荒凉感的意象,她尤其擅长日常生活的细节之处入手,借用最微小普通的意象来增加小说本身的沉重感和萧瑟冷清的意味。"煤气的火光,像一朵硕大的黑心蓝菊花,细长的花瓣向里拳曲着。他把火渐渐关小了……但是在完全消失以前,突然向外一扑,伸为一两寸长的尖利的獠牙,只一刹那,就'拍'的一炸,化为乌有。"② 其中月亮意象在张爱玲小说中所占的分量最多:《金锁记》全篇则以月亮的意象连接首尾,"三十年前的上海,一个有月亮的晚上,我们也许没赶上看见三十年前的月亮。年轻的人想着三十年前的月亮该是铜钱打的一个红黄的湿晕,像朵云轩信笺上落了一滴泪珠,陈旧而迷糊。老年人回忆中的三十年前的月亮是欢愉的,比眼前的月亮大,圆,

---

① 郭建玲:《论张爱玲的战争体验与战时书写》,载李欧梵等著、陈子善编《重读张爱玲》,上海书店出版社2008年版,第73页。

② 张爱玲:《沉香屑 第二炉香》,北京十月文艺出版社2012年版,第90页。

白；然而隔着三十年的辛苦路往回看，再好的月色也不免带点凄凉""隔着玻璃窗望出去，影影绰绰乌云里有个月亮，一搭黑，一搭白，像个戏剧化的狰狞的脸谱。一点，一点，月亮缓缓的从云里出来了，黑云底下透出一线炯炯的光，是面具底下的眼睛"。小说的结尾又写道："三十年前的月亮早已沉了下去，三十年前的人也死了，然而三十年前的故事还没完——完不了。"① 在张爱玲的小说里，月亮用来增添凄冷的环境氛围，增加文章的悲剧感，往往和昏黄的灯光、悠扬的胡琴声、落在油纸伞上的雨滴等相结合，在这些意象的重叠使用里，突出哀怨、悲惨的气氛。

张爱玲的小说既有古典传统写法，同时又交织着摩登都市十里洋场的气息，传统与现代的二元共存充盈在人物悲凉的主体世界里。在文体结构上，张爱玲颇为喜爱传统故事型的叙述模式，她经常在小说开头就直接将读者带入自己所营造的故事模式中去。"请您寻出家传的霉绿斑斓的铜香炉，点上一炉沉香屑，听我说一支战前香港的故事，您这一炉沉香屑点完了，我的故事也该讲完了。"② "我给您沏的这一壶茉莉香片，也许是太苦了一点。我将要说给您停一段香港传奇，恐怕也是一样

---

① 张爱玲：《金锁记》，北京十月文艺出版社2012年版，第216、261页。
② 张爱玲：《沉香屑 第一炉香》，北京十月文艺出版社2012年版，第1页。

的苦——香港是一个华美的但是悲哀的城。"① 其次，在作品语言上，张爱玲的小说大量运用"红楼梦式"的古典语言："那曹七巧且不坐下，一只手撑住门，一只手撑住腰，窄窄的袖口里垂下一条雪青洋绉手帕，身上穿着银红衫子，葱白线镶滚，雪青闪蓝如意小脚裤子，瘦骨脸儿，朱口细牙，三角眼，小山眉。"② 张爱玲巧妙地融合了传统文学精神和现代性的气息，对于色彩的敏锐捕捉和勾画极大地刺激了小说的感官功效。"山腰里这座白房子是流线形的，几何图案式的构造，类似最摩登的电影院。然而屋顶上却盖了一层仿古的碧色琉璃瓦。玻璃窗也是绿的，配上鸡油黄嵌一道窄红的边框。"③ 此外，香港、上海本身作为大都市为小说的内容带来了时尚风气的冲击，人物出场扑面而来的是最为潮流的摩登气息。人物的衣饰、吃食可以是传统的青莲色旧绸夹袄、云片糕和豆浆油条，也可以是海滩上用的披风、喝鸡尾酒的下午服和琥珀色的热带产的榴莲糕。"上海为了'节省天光'，将所有的时钟都拨快了一小时，然而白公馆里说：'我们用的是老钟'，他们的十点钟是人家的十一点。他们唱歌唱走了板，跟不上生命的

---

① 张爱玲：《茉莉香片》，北京十月文艺出版社2012年版，第91页。
② 张爱玲：《金锁记》，北京十月文艺出版社2012年版，第220页。
③ 张爱玲：《沉香屑 第一炉香》，北京十月文艺出版社2012年版，第2页。

胡琴。"① 任何人都逃不出时间钟表的晃动，个体于历史之中正如一粒尘埃般渺小，他们的生命一点一滴消逝在前伸的时间线条上，对生命和生活的无奈和悲观构成了张爱玲文学忧郁、凄清的美学基调。

20世纪40年代的上海沦陷区出现了"张爱玲热"，香港和上海成就了张爱玲的"传奇"，这两座城市也成为张爱玲写作的书写背景和言说空间。张爱玲以局外人的角度冷静地旁观社会动乱转型期沧桑变化的人生，她的写作契合了40年代读者的需求和审美趣味。柯灵曾经说过："我扳指头算来算去，偌大的文坛，哪个阶段都安放不下一个张爱玲，上海沦陷，才给了她机会。日本侵略者和汪精卫政权把新文学传统一刀切断了，只要不反对他们，有点文学艺术粉饰太平，求之不得，给他们点什么，当然是毫不计较的。天高皇帝远，这就给张爱玲提供了大显身手的舞台。"② 90年代内地第2次兴起了讨论张爱玲的热潮，她的服装、发饰已经成为人们所津津乐道的小资符号的一种代表。出版商捕捉到张爱玲的商业价值并开始大量出版她的作品，她的小说诸如《倾城之恋》《半生缘》《色戒》等还被改编为影视作品搬上荧幕。此外，她冷峻中带着

---

① 张爱玲：《倾城之恋》，北京十月文艺出版社2012年，第160页。
② 柯灵：《遥寄张爱玲》，引自子通、亦清《张爱玲评说六十年》，中国华侨出版社2001年版，第354页。

一点讽刺意味的经典散文式语言风格，也在某种程度上因为其阴柔之美与用词之巧，而被广泛流传："生命是一袭华美的袍，爬满了虱子。"①"张学""张迷"这些现象的出现再次印证了张爱玲本人的传奇性魅力。

第五节 丁玲：由"文小姐"到"武将军"

丁玲（1904—1986），1927年秋天在《小说月报》上发表了处女作《梦珂》，随后又发表了《莎菲女士的日记》《暑假中》《阿毛姑娘》《一个女人和男人》等十余篇小说，这些小说分别收录到3个短篇小说集《在黑暗中》《自杀日记》《一个女人》中。从1929年中篇小说《韦护》和稍后发表的《一九三零年春上海》的写作开始，丁玲的文学创作开始自觉向左翼文学方向靠拢。1931年应左翼文艺界领导人冯雪峰的邀请，丁玲开始担任"左联"机关刊物《北斗》的主编工作，正式加入左翼文学队伍中。同年，小说《水》的发表再次得到左翼文坛的高度肯定，次年加入了中国共产党。进入20世纪40年代之后又相继写作了《我在霞村的时候》《在医院中》《夜》

---

① 张爱玲：《天才梦》，载《张爱玲散文全编》，浙江文艺出版社1992年版，第3页。

等小说，1948年写成的长篇小说《太阳照在桑干河上》成为丁玲文学写作的最高峰。1955年，由于受到极"左"路线的迫害被下放到黑龙江垦区劳动长达12年之久，"文化大革命"期间又被关押监禁5年，直到"四人帮"被粉碎后丁玲的冤情才被逐渐洗清。1984年由中共中央组织部颁发的《关于为丁玲同志恢复名誉的通知》，最终肯定了丁玲一生的政治立场和文学价值。丁玲一生的文学创作都紧密贴合着时代和历史的发展潮流，鲜明地反映了她一生文学思想和精神信仰的成长轨迹。

丁玲是五四新文学落幕后的第二批女性作家，她在20世纪20年代初期的写作以表现小资产阶级知识分子尤其是知识女性内心成长的苦闷和叛逆为主。处女作《梦珂》和《暑假中》《阿毛姑娘》等作品揭示了小资身份的女性在接受五四文学思潮影响后，所萌发的自我意识和个体觉醒。《莎菲女士的日记》是这个时期最具有代表性的作品，描述了以莎菲为代表的小资产阶级知识女性，在经历了五四文学个性解放的抗争到落潮后彷徨失落的心路历程。"丁玲早期的小说非常主观和直感，作者的主观感受与情感通过小说人物之口表达出来，主人公总是作者的分身、代言人。"[①] 日记体的文本形式、第

[①] ［日］中岛碧：《丁玲论》，载袁良骏编《丁玲研究资料》，天津人民出版社1982年版，第532页。

第四章 中国现代文学的演进

一人称的叙事视角契合了作者自我表达与主题语调的写作方式,丁玲选择以日记来记录生活的方式更加强烈而又形象地传递了自己的心灵感受。从家庭出走成长的莎菲对爱情和欲望有着大胆的追求和渴望,她的性格是极其复杂矛盾的。莎菲深知凌吉士只是徒有其表的肤浅无知的男性,但她对凌吉士的追求依然到了疯狂病态的程度,"我敢断定,假如他能把我紧紧的拥抱着,让我吻遍他全身,然后他把我丢下海去,丢下火去,我都会快乐的闭着眼等待那可以永久保藏我那爱情的死的来到"①。她不理解朋友传统禁欲主义的爱情观,却又躲在自己的爱情角落里不愿意走出来,在小说的最后莎菲只能选择南下,决定"在无人认识的地方,浪费生命的余剩"②。茅盾曾经给予了丁玲笔下莎菲女士高度的评价:"她的莎菲女士是心灵上负着时代苦闷的创伤的青年女性的叛逆的绝叫者……这是大胆的描写,至少在中国那时的女性作家中是大胆的。莎菲女士是'五四'以后要解放的青年女子在性爱上的矛盾心理的代表者。"③丁玲在这个时期的写作所塑造的人物形象均体现了女性主体自我言说的强烈意愿,她把

---

① 丁玲:《莎菲女士的日记》,载《丁玲文集》第3卷,河北人民出版社2001年版,第76页。
② 同上书,第78页。
③ 茅盾:《女作家丁玲》,《文艺月报》1933年第2号。

自己的主观感情映射在作品人物的情感活动中，并将女性放置在文学革命退潮后的整体社会环境中进行"娜拉走后怎样"的思考。

从1929年中篇小说《韦护》的发表开始，丁玲的写作开始向革命文学方向转型，她本人在一定程度上也受到了爱人胡也频左翼文学思想的影响。丁玲的文学思想开始由表现小资产阶级女性的苦闷、彷徨转变为革命大众题材的写作，虽然在形式上未能跳脱20世纪30年代流行的"革命＋恋爱"的小说模式且最终"爱情"都让步给了"革命"，但是丁玲并没有一味地生搬硬套这种模式，她依然选择的是自己所熟悉的知识分子的人和事的写作。《韦护》就是以自己的好友瞿秋白和王剑虹之间的爱情故事为原型。对于丁玲来说，外在政治思潮的影响并不是决定她创作风格转移的唯一因素。她自觉地意识到，在失落迷茫的"五四"落潮环境中革命激进的领导功用。这个时期的几篇作品依然具有较高的文学价值，"'革命'和'爱情'的交战，事实上也可以说是丁玲所感受到的两种现代性话语的交战。在丁玲的'革命＋恋爱'小说当中，与其说书写了一个男人和一个女人的爱情故事，不如说她只是书写了一种选择行为。因为革命和恋爱的较量被表现为进化论历史视野中新旧两个时代的价值观的较量。与爱情同时被放弃的，还有韦护的文学爱好、知识分子的趣味、个人的私生活空间以及他

第四章　中国现代文学的演进

藏在抽屉深处的诗稿。而且这种选择被表现为自我的意志和情感的较量。如果说莎菲的理智与情感冲突尚处于一种悲剧性的自我撕裂状态，那么韦护和望微面临的则是新我旧我的转变了"①。

丁玲创作路向的转化鲜明地记录了一代知识分子在政治和历史大潮前追随时代的印记。1931年发表的《水》，丁玲选择了发生在全国各地十几个省份的重大水灾为题材，真实而又深刻地刻画了群众集体觉醒后的坚韧形象与团结力量。在《田家冲》中受到革命感召的三小姐带领农民对地主展开了激烈的斗争并积极号召大众参加到革命队伍中去。此时的丁玲已经完全放弃了早期个人化的写作方式，将写作对象聚焦于无产阶级的革命大众中。冯雪峰形象地总结了丁玲从初涉文坛的文学写作到20世纪30年代《水》的发表时创作风格的变化："丁玲所走过来的这条进步的路，就是从'离社会'，向'向社会'，从个人主义的虚无，向工农大众的革命的路。"② 加入左翼的丁玲在较短的时间内实现了创作向工农大众的贴合和靠近，她坚持无产阶级现实主义的写作立场，

---

① 贺桂梅：《知识分子、革命与自我改造—丁玲"向左转"问题的再思考》，《中国现代文学研究丛刊》2005年第2期。
② 冯雪峰：《关于新的小说的诞生—评丁玲的〈水〉》，载袁良骏编《丁玲研究资料》，天津人民出版社1982年版，第249页。

长篇《母亲》是这一时期在人物形象刻画层面上更加有深度和立体性的作品。出身于名门世家,琴棋书画样样精通的于曼贞嫁到封建大家族江家后依然过着百事不问、衣食无忧的贵族生活,然而随着丈夫的去世,家族的没落也接踵而至。于曼贞只能"脱去那件少奶奶的袍褂,穿起一件农妇的,一个能干母亲的衣服"①。她不顾众人的反对与女儿一起进了学堂,开始接受新思想的影响,从一名旧社会的封建寡妇转变成了一位新时期积极向上的知识女性。丁玲对于于曼贞形象的塑造更加生动和真实,细腻的细节描写和心理刻画充实了人物自身的思想内涵。在于曼贞的人物形象构建里也有丁玲本人母亲的影子,在《母亲》一文中丁玲再次选择了自己所熟识的知识分子女性题材,巧妙地将其和坚定的无产阶级革命立场和文学信念融合在一起。

1936年,丁玲作为第一个到达延安的文人,已经彻底转变成为一名无产阶级的文学写作者。这一时期随着小说《在医院中》《我在霞村的时候》《"三八节"有感》等作品的写作,表现出独特的思想深度,说明丁玲在真正成为革命文艺战士的同时,依然保留着五四新文化的思想本性。1948年创作

---

① 丁玲:《母亲》,载《丁玲文集》第1卷,河北人民出版社2001年版,第149页。

的《太阳照在桑干河上》是中国当代文学书写史上最早一部反映中国农村土地改革运动的长篇小说。丁玲将桑干河边的暖水屯作为写作的核心,真实生动地再现了由土改所牵连出的农村纷繁复杂尖锐的阶级矛盾冲突,以及共产党带领农民推翻地主压迫、实现劳动人民当家做主的社会图景。《太阳照在桑干河上》塑造了一批形形色色不同阶级的人物群像,暖水屯中的地主钱文贵虽然并没有霸占太多的土地,但他实际上却控制了村里大大小小的事情,是欺压百姓的真正恶霸。落后农民侯忠全在拿到农会送来的地契后又悄悄地送还给地主,封建传统伦理根深蒂固的侵蚀和侵害在侯忠全的身上得到了形象的诠释。沉着、冷静的共产党员张裕民在开展工作时也会表现出心理上的犹豫,但是一旦确定斗争目标后便会积极带领农民斗争。黑妮是丁玲着力较多、投入情感较多的女性角色,她也是丁玲在农村工作中遇到的一个地主家的丫鬟所引发的灵感的原型人物。作为一个本身就处在社会底层深受封建压迫的女性,黑妮在丁玲的笔下得到了更多的关注和同情,作者甚至安排了进步青年程仁来帮助她摆脱困境。"《太阳照在桑干河上》表现土地改革和农民的翻身解放选取了一个独特的视角——翻心。丁玲在她的这部小说中创造的这一独特语汇,正表明了一个女性作者对历史变革的特异感受……'翻身'是社会制度的变革，而'翻心'则是农民社会心理的变革。"[①] 史诗般的叙事方式增强了小说文本的纵深度和历史张力，《太阳照在桑干河上》在丁玲的文学史写作和中国当代文学的开端上具有里程碑式的价值。

---

① 王晓琴:《"女性的笔致"——〈太阳照在桑干河上〉风格谈》,《中国现代文学研究丛刊》1994年第2期。

参考文献

1. 朱栋霖、丁帆、朱晓进主编：《中国现代文学史》上册，高等教育出版社2012年版。
2. 朱栋霖主编：《中国现代文学史精编 1917—2012》，高等教育出版2014年版。
3. 刘勇、杨志主编：《中国现当代文学》上册，高等教育出版社2010年版。
4. 严家炎主编：《二十世纪中国文学史》，高等教育出版社2010年版。
5. 钱理群、温儒敏、吴福辉：《中国现代文学三十年》，北京大学出版社1998年版。
6. 程光炜、刘勇、吴晓东、孔庆东、郜元宝：《中国现代文学史》，北京大学出版社2011年版。
7. 刘中树、张福贵、王学谦：《中国现代文学基础》，北京大学出版社2009年版。